壺中に天あり獣あり

Ⅰ　初めに舞台が照らされる

1

言葉によって造られる迷宮のなか、光《ひかる》は当て所なく歩き続けていた。白紙に黒い字を綴《つづ》る如く、彼は淡い黄色の絨緞《じゅうたん》を靴底で汚し、言葉に言葉を塗り重ねるようにして、言葉を使う言葉となって先へ先へ進んでいく。

迷宮とは言っても極めて広大なホテルであるに過ぎず、謳《うた》われている無限はあくまで無限大の比喩であり、無限そのものではない。だが光は譬《たと》えを完成させるべく幽閉されており、言うなれば寓話の主人公であるため、抜け穴や裂け目を見抜いて脱出するのは叶わない。彼にとっては事実、廊下の延長は無限、部屋の数は無限、またそこで過ごさねばならぬ時間も永遠と映るのである。

今日も今日とて廊下を歩く。右にも左にも次々扉が現れ、ドアノブが冷ややかに煌《きら》めく。歩けども歩けども果てしなく、絨緞は一直線に伸び続け、足元灯が破線を成してその両端を縁取っている。廊下はいつ何時も一定の薄暗さを保っており、光は周到に演出された無限の量感に慄然《りつぜん》とする。

幾千と張りついている扉の外観に相違はなく、先に何があるかは開けてみるまで分からない。光は施錠されていない扉を見つけると躊躇《ためら》わず入っていく。扉には部屋番号が振られておらず、建物は前進と後退の区別もつかぬように設計されているが、何らかの結末に辿《たど》り着くにせよ、堂々巡りを続けるにせよ、見かけの前進を続ける外に選択肢はない。

手当り次第にドアノブに手を掛ける。扉の大半は固く閉ざされている。無際限にある扉のうち、自分がどれを試してみたのか覚えていられる筈《はず》もなく、彼はいつも当てずっぽうだった。

選んだ扉が静かに開く。なかに入り灯りを点けてみると、別段特徴のない客室が姿を現す。これまでにも数え切れぬほど見てきた部屋と同じである。人が暮らしているのはごく稀《まれ》で、外のない無限の迷宮であるからには当然だが、景色を眺めるための窓もなく、あまつさえ時計すら置かれていない。

光は部屋の奥に進み、机に置かれているノートをぱらぱら捲《めく》ってみたが、自分の描いた蝶《ちょう》の絵は見られなかった。一度入った部屋にはなるべく蝶の絵を残しておくようにしていた。初めて入った部屋なのだろうか。もしくは誰かが入り頁を破ってしまったのだろうか。どうとも判断できず、新しく蝶を描いて部屋を出た。折角入れたとしても先にあるのはこうした簡素な客室ばかりであり、新奇な場所へと通じている扉は僅《わず》かだった。気を取り直して再び歩き始める。

如何《いか》なるものも現状を変えはしないだろうと諦《あきら》めつつ、それでも新しい局面の開ける瞬間を心待ちにする、矛盾の塊となって光は歩いていた。今はまだ眼も明かぬ芋虫に過ぎないが、いつか蛹《さなぎ》となり蝶となり、迷宮から飛び去る日を夢想せずにはいられない。

また鍵の掛かっていない扉があった。押し開き、照明を点けて見渡してみると、先と同じ間取りの客室である。しかし本来あるべき場所にはベッドがなく、代わりに階段があり、天井に空いた四角形の穴から上へ伸びている。ホテルとして造られていながら、時折このような迷宮らしい仕掛けが顔を出す。

光は机の上のノートに蝶の絵を描くと、早速段を上り始めた。平面上での移動を離れ、上昇や下降に取りかかる時には爽快な気持ちになった。階段は天井を突き抜けて彼方へ続いている。上るにつれて下方に見える灯りは薄らぎ、彼の身体も暗がりに溶けていくかのようである。

柵《さく》も手摺《てすり》も設《しつら》えられていない段を上りながら、光は迷宮の設計者を信頼し切っていた。彷徨に疲れ果て何のために歩いているのか思い悩むことはあっても、今まで我が身の危険を覚える瞬間は殆《ほと》んどなかった。階段が急に途切れ、転落する可能性はないだろう。迷宮は自らの広大さを誇示する相手がいて初めて迷宮たり得るのであり、できる限り迷子を生かしておこうとするに違いない。こちらの命まで奪うような真似はしない筈だ。そう考えて怖じる様子も見せずに上っていく。

　どこからか寒風が吹き抜け、思わず身を竦《すく》める。ひょっとしたら外に通じているのではないかと瞬刻淡い期待を抱くも、迷宮に外などないのだと思い直し、胸の高鳴りを鎮《しず》める。どこかに窓あるいは出口があって外界が見えたとしても、それは外を模して造られた内部であるに違いない。外というより内の内、外界そっくりに造られた広い中庭の類いであるだろう。下手に期待を抱いて無限を侮《あなど》らぬよう、光は日頃から自身にそう言い聞かせてきた。

　壁に当たると直角に右折し、階段は尚も上に伸び続ける。どれほど上昇したのか知る術はなく、ただ建物の造りに身を委ねて歩く。辺りは暗闇に包まれていたが、靴の音が壁に谺《こだま》し、歩いている空間の大凡《おおよそ》の広さを教えてくれる。

　しばらく上り続けると階段は再び右に曲がった。それからというもの規則的に右折を繰り返すようになった。どうやら四角形に螺旋《らせん》を描きながら伸びているようだった。四角を描くにしろ円を描くにしろ、螺旋階段は上り慣れている。しかし、光は奇妙な錯覚に囚《とら》われる。こうして上り続けているにも拘《かか》わらず、どうも上昇している気がしない。自分が廻りながら上昇しているように、階段全体も螺子《ねじ》の如く廻転し、徐々に下降しているのではないか。上昇は下降に打ち消され、あたかも糸で宙吊りにされているかのように、自分はずっと一点に留まり続けているのではないだろうか。

2

仮に終わりなく段が続いているとしたら、いつか餓死してしまうのではないか。そんな不安を覚え始めた頃、上から足音が聞こえてきた。自然と歩調が揃《そろ》い、光の靴の立てる音はもう一方と重なって響いた。

階段の途中、二人の足音はぴたりと止まり、嗄《しわが》れ声が尋ねた。

「どうですかな、下の様子は？」

光は老爺の問いに答える。

「そこらに沢山ある部屋と一緒でした。ベッドのあるべき場所に階段がある以外、特に変わった点はありません。上の方はどうでした？」

溜め息をついてから男は言った。

「同じです。ベッドが下りの螺旋階段に変わっていまして、今度こそ何かあるかと期待して下りてきたのですが、どうも骨折り損のようですね」

「でも、骨折り損に終わらない道なんてここにはないでしょう？」

光の言葉に誘われ、男は闇に笑いを落とした。

「その通りですよ。骨折り損とは言え、実は随分気楽なものなのです。そもそもの初めからすべて骨折り損と分かっているなら、成功も失敗もなくなりますからね。どこまで行ってもなんにもありゃしません」

光も笑いを零《こぼ》す。確かにここでは、未知の何かを探しているように装いながら、その実すでに知っていること、迷宮に嫌というほど思い知らされてきたことを、再確認するために歩いているようなものだった。

「これからも互いに大いに骨を折るとしましょう」

「それしかできませんからな。まあ、無限の奴に往《い》なされ続ける日々もそう悪くはありますまい」

話を終え、二人は逆向きに螺旋を描いて相遠ざかっていった。

光は蝶の如く晴れ間に憧れ、蛾《が》の如く暗闇に灯る光明に誘《おび》き寄せられ、階段を上っていた。歩くにつれて迷宮も拡大していくのかも知れない。そんなことを考えながら段を踏み、時には設計者の意図を推し量ろうとする。

もしかすると大切なのは自分でなく迷宮全体の方なのではないか。自分は迷宮を組み上げるための礎石の一つに過ぎず、迷い続けることでのみ、与えられた役割を果たせるのではないだろうか。

壁にぶつかる度直角に曲がり、何も見えぬまま歩くうち、やがて上方に灯りが見えてきた。老人の言っていた部屋であるに違いない。そこに何があるのか聞いているにも拘わらず、心は浮き立った。次第に足元も見えるようになり、光は跳《は》ねるようにして上っていく。

ついに上り切り、明るい部屋のなかへ飛び出した。後にしてきた部屋と変わらぬ空間を歩きながら、老人も下に着いた頃だろうかと考える。机の上には案の定ノートがあった。転がっているペンを執《と》り、いつもと同じく蝶の絵を描いた。そしてシャワーを浴びて身体を温めることにした。

服を脱いでから白一色の浴室に入り、シャワーの温度を調整する。久しぶりに浴槽に湯を張ってもよかったが、シャワーを済ませたら早く眠ってしまいたかった。螺旋階段に相応の体力を奪われていたのである。

立ち上る湯気に包まれて身体を流していると、束の間のことではあれ、ホテルを彷徨う憂いを忘れられた。知らぬ間に着せられていた寓意の衣を脱ぎ去れたように感じ、降り注ぐ湯に身を打たせるがままにした。

幸福な瞬間ではあるものの、いつまでもシャワーを浴びているわけにもいかず、備えつけのバスタオルで身体を拭《ふ》き、服を着て、髪は濡《ぬ》らしたままで廊下に出た。一眠りするには、ベッドと階段の入れ替わっていない、普通の客室を探さねばならない。

湯冷めする前に部屋を見つけたいと思い、選り好みせず眼につくドアノブを捻《ひね》り始めた。決して見えはしない廊下の端に眼を凝《こ》らすと、向かい合って二列に並んだ扉が開けられるのを待っており、光はたじろいだ。

眠りを欲するあまり、時には鍵の掛かっている扉を叩いたりもしたが、なかなか迎え入れてはくれなかった。心から求めている時に限って迷宮の扉は開かない。どれを試しても扉は沈黙を保ち、客人を門前払いにしようとする。仕方なく声を上げながら歩く。

「誰かいませんか？　誰かいませんか？」

返ってくるのは谺のみだった。布団で眠るのは諦めようかと考える。今すぐ床に寝そべり、絨緞の上で眠りたい位だった。しかし、諦めかけるや否や、迷宮は迷い人をもてなそうとする。

3

扉が開き、光は酒場に足を踏み入れていた。広さは一般の客室と同等であり、入ってすぐ右手にカウンターが設えられているだけの手狭な場所だというのに、五つある椅子は四つまで埋まっていた。

客の男たちは一斉に光を見た。光も男たちを眺め渡した。四人とも恰幅《かっぷく》が良く、似たような顔を並べ、眼窩《がんか》には好奇心の煌めく珠を嵌《は》めている。まるで同じ胎《はら》から生まれた獣らのようである。光は店主に会釈して、入り口近くの席に掛けた。この店に入るのは初めてだが酒場は度々現れる。

店主の背後には色様々の液体を湛《たた》えた瓶が並んでいた。銘柄のそれと知れる酒はなく、絵具を溶かした水が陳列されているように見える。あらかじめ設計者が用意した場所をこのように誰かが見つけ、店主となり、同じく幽閉された者たちに酒を振る舞っているのである。

光は緑色の酒を指差して頼み、始めの一杯を飲むことにした。四人の男たちは新来の客を注視して黙りこくっている。酒がこぽりこぽりとグラスを満たしていく。

光は杯を掲げて言った。

「それでは、無限に乾杯です」

光の音頭を聞くと、様子を窺《うかが》っていた男たちは笑い出した。

「無限に乾杯！」

静まり返っていた酒場は合い言葉を聞いて生気を取り戻し、グラスを片付ける店主も微笑《ほほえ》みを浮かべていた。緑の酒はどうやらハーブのリキュールであるらしく、なかなかに美味しかった。

「どのくらいここにいるんだ？」

隣に座っている男が尋ねた。力瘤《ちからこぶ》を誇示するように腕まくりをして、ちびちびとウイスキーを飲んでいる。

「さあ、よく分かりません」

そう答えて光は緑を飲み干した。酔いの予感が腹に灯り、勇気が湧《わ》いてくる。

男たちは光の返事を聞いて喜んでいた。光も自分の言葉が喜ばれると分かっていた。ホテルで出会う人々は皆同じ境遇に置かれており、いつとも知れない時から迷宮を彷徨っている。ゆえに滞在期間を尋ねるのは単なる挨拶に過ぎない。等しく苦悶を舐《な》めていると確かめ、互いに同情しつつ酒を飲むだけである。

光は二杯目を求める。今度は瓶の底に黄色い果実が沈んでいるのを頼んだ。店主が瓶を揺すると、果実はゆっくり廻転し始めた。何の酒であろうと胃に収めてやるぞ、という心意気で注がれるのを待つ。

ロックグラスが光に渡されたのを見て、奥で煙草を燻《くゆ》らせている男が言った。

「詰まるところは無限万歳ってこった」

それを合図に四人の男は杯を掲げ、光に笑いかけながら叫ぶ。

「無限に乾杯！」

男たちが騒ぎ立てるなか、光も楽しげに杯を傾けた。そしてしこたま飲んでから店を出た。酒場に通じる扉だとは思わなかったが、設計者の気紛《きまぐ》れに翻弄されるのはいつものことである。眠る部屋を探すために再び廊下に繰り出す。酔いが睡気の詰まった頭蓋を揺すぶり、ベッドさえあればどんなに狭くて汚い部屋でも眠れそうだった。

A 言海と玩具の獣たち

1

言海《ことみ》は玩具屋として働いており、埃《ほこり》や黴《かび》、それにメッキの剝《は》げた箇所などに見られる錆《さび》を落とし、ブリキの動物を世話するのに夢中になっていた。布切れで丹念に擦《こす》り、細かい部分をブラシで磨いてやると、黒ずんでいた玩具は光沢を取り戻す。その様子はあたかも、皮膚に斑点を浮かべていた獣が病から癒え、再び野を駆け廻れるようになったかのようだった。

埃を取り除き、時にはペンの先や爪楊枝をも使い、健康な肉体を取り戻すのを手助けする。獣も積もった埃を厭《いと》わしく思っていたのであろう、さっぱりとした彼らは言海に懐き、彼女もまた、自分の天職はこれだ、玩具屋の主人になることだったのだと、燃えるような昂揚を覚えるのであった。

時たま客が訪れ、物々交換、あるいはまったくの無償で可愛らしい玩具を貰《もら》っていく。鰐《わに》がバナナの代わりに、鯨《くじら》がスカートの代わりに、河馬《かば》がマグカップの代わりに、それぞれ引き取られていった。言海は戸棚や木箱に何百と収められている動物が減っていく様を寂しくも思ったが、彼ら彼女らが世界中に散り散りになるのは愉快に思えた。玩具屋に足を運ぶ客のため、そして獣たちのため、彼女は来る日も来る日もブリキの皮膚を磨き、製造時に帯びていたであろう光沢を再現し、獣医の如く病を癒し続けた。

そうして暮らしていたのだが、ある日、彼女の生活は転機を迎えた。それまでの主な業務は店番に過ぎず、その傍ら陳列されている動物を磨き上げる位だったが、外を磨くだけでなく、その日からは修理のために体内にも触れるようになったのである。撥条《ぜんまい》を巻いても機構が駆動せず、一歩たりとも歩こうとしない、犀《さい》の玩具を分解した時のことだった。

犀の蹲《うずくま》る机を前にして思い悩んだ末、一旦その肉体を解剖してみようと決めた。臓器に手術を施し、円《つぶ》らな瞳に今一度光を宿らせようと考えたのだった。

言海は硝子《ガラス》棚の並ぶ店内を歩き、高さが天井まである木棚の正面で立ち止まると、一段目に置かれている段ボール箱を引き出した。こういった箱、埃に厚く覆《おお》われており、長らく触れられていないのが見て取れる箱は幾つもあったが、一度中身を確認してからはあえて手をつけずに過ごしていた。両腕で抱え切れないほど大きな箱のなかには、半田《はんだ》鏝《ごて》のセット、無数の螺子、ドライバー、彩色用のスプレー、および動物たちの各種身体部位や、心臓とも言える交換用の撥条仕掛けなどが収められている。とうとう本格的な修理に踏み出さねばならない日が来たかと思うと、期待と緊張とで胸は高鳴った。

手始めにドライバーセットを取り、犀が治療を待っている机に戻る。修理を待つ犀は手に載る位に小振りであり、背中に見える螺子、左半身と右半身を留めている二本の螺子を抜きさえすれば、二つに開くのは造作もないことだった。

細いプラスドライバーを選び、くるくる廻して抜いていく。二本とも抜けてしまうと犀の身体は真っ二つに分かれ、秘められていた絡繰《からく》りが剝《む》き出しとなる。

それは絡繰りと呼ぶには単純過ぎる機構であった。四肢を動かすための撥条仕掛けが一つ入っているだけで、それ以外には何も収められていない。体内は殆んど空洞だったのである。仕掛けを取り出してから、言海は右半身と左半身を螺子では留めず指で合わせて持ち、耳元で揺すってみた。仕掛けに繫《つな》がる金属軸から解放された四肢、今では宙ぶらりんとなった四肢が、からから音を立てながら揺れるばかりだった。撥条仕掛けとともに生気を失い、犀は死せる獣となっていた。

言海は取り出した撥条仕掛け、黄色い歯車や二本の金属軸が飛び出している黒い直方体を眺めた。撥条を巻くと歯車が廻転し始め、歯車の廻転が伸びている二本の金属軸に伝わり、二本の一方が前脚を、もう一方が後脚を動かす仕組みであった。歯車の廻転が金属軸の廻転を誘い、金属軸の廻転があの愛らしい歩行、忙《せわ》しない印象を与えはするが、それでもその健気さゆえに、見る者の心を惹《ひ》きつけてやまない歩行を可能としていたのである。

スタンドライトの下で故障の原因を探る。幾ら撥条を巻いてみても、歯車は砂や小石の詰まったような音を立てるのみで、一向に廻り出しはしない。身体を分解して撥条仕掛けを取り出した言海は、さらにその仕掛けをばらし、歯車の状態を調べることにした。しかし撥条と歯車を収めているプラスチックの黒い小箱は、内部にある爪でかっちりと固定されており、容易には開かない。割れ目にドライバーの先を滑り込ませようとしたり、木の実の殻を剝く如く、指の力で開けようとしたり、様々な方法で挑戦したがどうにもならなかった。彼女は再び工具や部品の詰まった箱を物色しにいく。

真半分にされた犀とドライバー、それに撥条仕掛けの転がっている机を離れ、陳列棚の並ぶ店内を歩き出す。硝子の向こうには数多《あまた》の動物が整列している。犬、猫、兎、栗鼠《りす》、熊、象、鳥と、それぞれ種類も体格も異なるが、どれも一様に金や銀の螺子巻きを背中から露出させており、人が巻いてくれるのを待っているかのように見えた。

背の高い木棚の前まで行って、一段目から先程漁《あさ》った箱を引き出す。何か使えるものはないかと探し始めると、底の方に赤色の十徳ナイフがあった。これなら開けられる筈と思い、作業机に戻ったところ、予想通り刃の先端でこじ開けることができた。今や故障の原因は一目瞭然となった。撥条と歯車から成る心臓には、開く以前から見えていた黄色い歯車だけでなく、それよりも小型の白い歯車が二枚収められており、その一つに欠けている箇所があったのである。

言海はまたも棚の前に戻り、交換用の歯車がぎっしり詰まっているビニール袋を持ってきた。大きさや厚さ、そして歯の数を見比べ、色は違うがぴったり嵌まりそうな水色の歯車を選ぶ。そして眼を凝らし、慎重な手つきで壊れたものと取り替える。三枚の歯車が嚙《か》み合ったのを確認すると、こじ開ける前の状態に戻し、再び体内に収めた。そして左右の半身を重ね、螺子で留めてから撥条を巻いてみた。

歯車の交換によって犀は完治したようだった。草食獣は四肢をぱたぱた動かし、卓上スタンドに激突しても構わず前進しようと足搔《あが》いていた。内部の構造を把握し自分の力だけで快癒させた獣の様子を見て、言海は玩具屋の仕事にますます愛着を覚えるのであった。

Ⅱ　資料室から資料室へ

1

廊下を歩き、螺旋階段を上り下りし、光は時間を空費し続けていた。固《もと》より空費する以外にはどんな時間の使い方も許されてはおらず、昂揚とともに進み、時には焦慮に駆られ、どういうわけか酒場に辿り着き、酔いに任せて眠りに落ちていく。毎日はそんなことの繰り返しだった。

だが、ある日、光は迷宮を抜け出せる可能性を見出した。無限の広大さを有している以上、迷宮に外などないのだと自分に言い聞かせてきたが、脱出の糸口が垣間見えると、やはり期待を抱かずにはいられない。

　闇雲に歩き廻った末、資料室の点在している区域に迷い込んだのである。依然として廊下は延々続いているものの、辺りではすべての扉が易々開き、まるで光に迷宮の秘密を明け渡したがっているかのようだった。扉の先には通常の客室と同じ広さの部屋があり、書棚や抽《ひ》き出《だ》し付きの棚が並んでいる。どの扉を開いても似たような部屋、光が資料室と名づけた部屋に繋がっている。一帯にある部屋は全部、書庫として造られているのかも知れなかった。

　初めのうちは小説に読み耽《ふけ》っているだけだった。光は様々な物語に熱中し、数多くの登場人物に自らを重ねて読んだ。起承転結のある典型的な話であればあるほど安心できた。登場人物と一緒に喜怒哀楽を味わい、彼らの運命が自身の運命を照らしていると思われる一節を見つけると、寝食すら忘れて視線を走らせ続けた。行末に達すると急いで行頭に戻り、文字を飲み尽くすように頁を繰り、何としても書物のうちに自分の結末を見つけようとした。しかし、目論《もくろ》見《み》は読むのに熱中するにつれて消え失せてしまい、最後には物語の与える愉楽のみが残るのであった。

こうした時間も彷徨に疲れた心を癒すには充分だが、光がこの部屋を図書室ではなく資料室と名づけ、脱出の希望と見るようになったのは、迷宮に関する重要な資料を発見してからのことだった。

書棚にある諸々の本のみならず、抽き出しのなかにある反古《ほご》にも興味を抱き、彼は読書の傍ら、藁半紙《わらばんし》や裁断されたノートの束などを漁り始めた。すると、紙片の山から一枚の建築図面が現れた。

表と裏に描かれている平面図は、光が宿泊を繰り返しては蝶々の絵を残してきた客室の間取りを示していた。勿論《もちろん》、これだけのことであれば欣喜雀躍《きんきじゃくやく》するには及ばない。脱出を諦めていた筈の彼が平静さを失い、外界を目指すようになったのには更なる理由があった。

紙片には頁番号が振られていたのである。桁数は莫大であり眩暈《めまい》を覚えるほどだが、頁番号が記されているということは、切り離される前は書物の一部だったに違いない。処分されていない限り、その書物は今もどこかで埃を被っているのではないだろうか。もしそれが天文学的な頁数を誇るものであったとしても、山のように巨大なものであったとしても、書物である以上は表紙と裏表紙で有限の頁を挟んでいなくてはならない。

　光は迷宮の無限という特性を忘却し、有限の書にそれが閉じ込められている様を想像した。そして彼はすべての書棚を漁り、すべての紙片に眼を通そうと誓った。迷宮に関する資料を収集し、いつの日か全図を載録した本を手に入れようと決めたのだった。

2

図面を悉《ことごと》く手中に収めて鳥瞰してしまえば、迷宮は覆いを脱ぎ去り、透明な家、水晶で造られた家の如く丸裸になってくれる筈だ。そんな希望を抱き、光は書庫で寝泊まりを繰り返すようになった。別の階から持ってきた布団を運びながら、まだ見ぬ図面を求めて資料室から資料室へと渡り歩く。

しかし建築図面はそう簡単には見つからない。部屋中の書物を手に取り、抽き出しという抽き出しを漁り尽くし、屑《くず》同然の紙にまで注意を払ったところで、芳しい成果は得られなかった。数十もの資料室を調べ、漸《ようや》く数枚の平面図が出てくる程度だった。

その上、発見される平面図はどれも似通ったものであり、よく知っている客室の間取りばかり教えてくれるのであった。個々の部屋の造りを確認する作業に意義はない。光が望んでいたのは全体像の把握であり、部屋と部屋が繋げられ、階と階が重なり合い、基礎から屋根までが建造される、その仕組みを理解したかった。

図面を背負って彷徨う光は、いつとはなしに憂いに蝕《むしば》まれていた。集まってきた紙片は束を成すようになり、徒労の象徴として足取りを重たげに見せていた。全体の構造を明かす気など更々ないそれらの図面を紐《ひも》で縛り、我が子を負ぶうようにして歩き続ける。眼を凝らして突き当たりを見ようとしても、破線となって続く足元灯の輝きは彼方に消えてしまい、かえって暗闇を際立たせるばかりである。無限を知らしめようとする迷宮とその設計者に苦しめられつつ、平面図と布団を携え、次々寝床を移していった。

一度調査を終えた部屋には相変わらず蝶の絵を残しておいた。完全に同じ作業を繰り返しているわけではないという事実は幾らか気休めになるのであった。新たな部屋に入ると書棚と書棚の間に布団を敷き、その上に図面の束を置き、またも一心不乱に資料を漁り始める。

どの資料室にも同数の棚があった。光より丈の高い木の書棚が六つ、丈は低いが幅は書棚の倍もある、アルミ製の抽き出し棚が四つ、全部で十の棚が並んでいた。棚にある本を調べ終えると、抽き出しから紙の束を下ろし、床に座り込み根気よく図面を探す。捲れど捲れど切りがなく、迷宮を読み尽くそうとする不届き者に警告を発しているかのようだった。

抽き出しにある膨大な紙から眼を背け、書棚だけを調べていても、やはり挫《くじ》けそうになる。背表紙と中身が一致していない可能性があるため、すべての書物に眼を通すようにしていたのだが、一部屋にある分だけでも相当な冊数である。こういった資料室が幾つあるのか想像すらできない自分には、脱出など夢のまた夢というものではなかろうか。図面なんて見つけなければよかったのに、という思いすらふとした瞬間浮かんでくる。

3

諦めず収集を続けるうち光は縮尺の小さな図面を発見するようになった。それは幾度も失望させられてきたものとは違い、一部屋だけでなく一つの階のある範囲を示しており、なかには百以上の部屋を一望させてくれる図面もあった。

こうした小縮尺の図面をさらに集めて結合させれば、パズルを完成させるようにして迷宮を再現できる。その後は現在地を推定するだけでいい。それに、運良く全体図を載録している書物を見つけられたら、書庫で一枚ずつ紙を漁る必要だってなくなる。脱出は決して不可能な夢物語ではないのだ。光は自らにそう説きつつ、計画が息を吹き返したのを喜んでいた。ぽつぽつと小縮尺の図面が出てくるようにならなければ、おそらくはすでに投げ出してしまっていた筈だった。

　この日も起きるや否や仕事に取りかかっていた。起きてから間を置いてしまうとどうしても物憂さに苛まれ、徒《いたず》らに時間を潰《つぶ》してしまうため、眼が醒《さ》めたらすぐに作業を始めるようにしていた。集めてきた図面同士が意外な繋がりを持っていないか見返してから、客室から持ってきた電気ポットで湯を沸かし、インスタントコーヒーを淹《い》れる。それから眼の高さにある抽き出しの中身を床に下ろしていく。紙は見る間に積もり、頭にある不安や猜疑《さいぎ》をも埋《うず》めてくれる。

　迷宮が真に無限であり外が存在しない場合、今までの苦闘は白紙に返る。資料室もまた無限に存在し、そこにある本の冊数も抽き出しに収められている紙の枚数も同じく無限であるとしたら、日夜没頭している作業にはまったく意義がなくなってしまう。こうした恐れを潰すため、彼は紙を引っ張り出し、床を覆い隠し、世界から無限を排除しようと躍起になるのであった。

　無限の迷宮とはよく言ったものだが、所詮は大言壮語、手間隙《てまひま》かけて造られた砂上の楼閣《ろうかく》に過ぎず、実際にはそう大層なものでもなく、たった一冊の書物にその全貌が収まる程度のものなのだろう。そう信じようとする光は、最初の建築図を見つけて以来、どうやら自分を見失っていたようだった。

洞察の是非はどうあれ、無限を謳う迷宮は極めて用心深く、決して迷子に綻《ほころ》びを見せようとはしない。丁寧に頁番号まで振っておいた図面をちらつかせ、光の胸に外への憧れを宿らせたのも、より真剣に、一切を賭して、なりふり構わず迷わせるためだったのかも知れない。

4

図面は徐々に集まり、紐で結わえて背負うのも難しくなっていたが、脱出の夢は急に光を追い出してしまった。

ある朝光が眼を開けると、図面の束は前夜まで帯びていた輝きを失っており、何の変哲もない紙屑となって部屋の一隅を占めていた。希望の象徴はたった一晩のうちに変貌を遂げたのである。

眠りに就くまでは言わば救いの証書であった紙が、一夜を跨《また》ぐと何らの魅力も持たなくなっていることに当惑してしまい、光は自分がなぜこんな作業に夢中になっていたのか思い出そうとした。屑同然となった図面を捲り、脱出の夢物語を懐かしげに読み返し始めた。不思議にも、昨夜まではあんなに夢中で読み耽っていた話であるにも拘わらず、朝の彼は、幼児の頃に読み聞かせてもらった児童書でも読むようにして、子供騙《だま》しと知りつつ感慨深げに読むのであった。

光は再び迷宮に無限という特性を認めたのである。自分は夢でも見ていたに違いない。こんな屑を幾ら集めたところで逃れられるわけがない。資料室の数すら把握していないというのに、すべての書物に眼を通し、すべての紙片を光に翳《かざ》し、出口を見極めるなんて無理に決まっている。迷宮を裸にさせようとして、図らずも寓意の衣を重ねて着込んでしまったのだと、彼は今になって後悔した。

迷宮が実際に無限の部屋を有しており、書物の数も無限、図面の数も無限であるなら、どれだけ時間を掛けようとも脱出できる筈がない。溺《おぼ》れるように読んでいた夢物語に対して、沸沸と怒りが湧き起こってきた。

光は図面の束を摑《つか》み、自分の力で千切れる厚みを見定めてから、十数枚を一度に破り去った。これだけの数を集めるため、幾つの夜を資料室で眠ったのだろうか。労苦の日々を振り返ると、破る瞬間の昂揚感はそれだけ強まった。地割れに巻き込まれる如く客室は真二つになり、数多の客室を従えている廊下も斜に断ち切られ、迷宮は手のなかで脆くも倒壊していった。

彼は復讐を遂げるかのような快楽を味わっていた。布団の上に胡座《あぐら》をかき、身体が熱を宿しているのを感じながら紙を裂き続ける。ひょっとすると、自分が欲していたのは図面ではなく図面を引き裂く行為だったのではないか。迷宮から出ていくのではなく、あくまでも内部に留まって、写しだけでも破壊しようと望んでいたのかも知れない。

それにしても、自分の一部を成しているかのように思えていたものが、どうしてただの一夜でここまで姿を変えてしまったのか。一束また一束、一枚また一枚と千切る度、光の心は軽くなり、舞い上がらんばかりに熱狂していく。脱出の可能性を自ら否定する行為が、どういうわけか蛹の背を破り羽化するが如き、解放の喜びを与えてくれた。

自由に舞う蝶に憧れ、蝶の絵を描き続けてきたが、飛翔を諦めた瞬間に翅《はね》が完成するとは甚《はなは》だしい逆説だった。床は破り捨てられた紙に覆われていき、腰を下ろしている布団は挫折の海に浮かぶ孤島と化していた。

B　新しい動物の誕生

1

犀の治療を切っ掛けに修理の技術を磨き始めた言海だが、彼女が架空の獣を生み出すようになるまでそう長くはかからなかった。仕掛けの分解に飽き足らず、動物の外見をも作り替え始めたのである。解剖を通して内部を知り尽くして以来、獣らの生殺与奪《せいさつよだつ》の権を握ったかの如く振る舞っていた。

鳥類の翼を金切鋏《かなきりばさみ》で切断すると、半田付けによって大型哺乳類の背中に移してしまう。その結果、本来ならある筈のない翼を生やした象や獅子が誕生し、陳列棚のなかは徐々に奇天烈な場と化していく。そこは自然界とは異なる進化を遂げた生き物の溢《あふ》れる空間であり、動物たちは改造を経て独自の肉体を獲得し、何を真似ているわけでもない架空の存在となり、撥条を巻かれる時を心待ちにしている。

扉の治療を転機として、言海と玩具屋という仕事、そして言海と動物との関係は大きく変化したようだった。己の分限を超えるようにして仕事を摑むことが彼女に生き甲斐を感じさせていた。職業の性格を変質させ、思うまま生き始めると、時が流れているのか流れていないのかも判然としない日々も、比較にならぬほど過ごし易くなった。

寝る間も惜しんで玩具を弄《いじ》り、鈍い光を放つ動物たちに囲まれながら暮らしているうち、いつしか言海は客のことを第一には考えなくなった。誰も欲しがらないかも知れない動物を、愛情を込め、時間を掛け、一匹一匹、一羽一羽、一頭一頭、丁寧に製作していく。二の動物を合成して一の新種を創造し、一の動物を分解して三の新種を創造し、手には金属の冷たさを感じつつ、彼女は熱を宿した生命を捏《こ》ね上げていく。玩具を求める客のために手入れをするのではなく、自分と動物たちのために修繕や改造の技術を磨き続ける。

自分以外には誰もいない店内で、言海は黄色い獅子をスプレーで青く塗り替えていた。作業机に向かい、垂れてきては視界を遮《さえぎ》る前髪を耳にかけ直し、獅子の身体を廻転させ、青の塗料を吹きかける。獅子は玩具らしく変形させられており、細部の捨象によって愛嬌ある顔貌を獲得していたが、言海は鮫《さめ》の背びれと鯨の尾びれを移植し、水棲の肉食獣に変えてしまおうとしていた。

彼女の手のなかで獅子は幾度も身を翻し、廻転する都度、鮮やかな青色には斑《むら》がなくなっていく。起きてから脇目も振らず改造に勤《いそ》しんでいたため、何度か眠りに落ちそうになったが、塗料の発散する刺激臭がそれを許さない。漸く塗り終えると紙を机に広げ、その上に獅子を置いた。塗料が乾き次第すでに準備してある部位、背びれと尾びれを接合するつもりだった。獅子は海の怪獣となるべく定められていたのである。

自分がこうした作業に夢中になるとは思ってもみなかった。だが今では、玩具屋になる以前は何を考えて生きていたのか思い出せないほどだった。スタンドの光を照り返す青色の獅子と、身体の一部を失った鮫と鯨を眺めつつ、彼女はいつの日か動物たちを連れ、どこか別の場所に移住したいとも思うのだった。

言海は動物を率いて歩く自らの姿を思い浮かべた。数限りない動物たちが自分の後に従い、獣は地を這《は》い、鳥は宙を舞い、皆で一緒に進んでいく。新しい居場所を夢見て行進し続ける。どこかには落ち着ける所があるかも知れない。これまで通り玩具屋を続けながら、動物ともゆったり戯《たわむ》れられるような、ここより住むに適した場所があるのではないか。生まれつつある架空の海獣が泳ぎ廻れるような、そんな世界を想像すると我知らず顔も綻んでくる。

Ⅲ　壺中の天地

1

翅を得て光は蝶となり、もはや蝶の絵を残すことなく、自由闊達に階から階へ、部屋から部屋へ飛び廻っていた。すべての図面を破り捨てた代わりに、手には自ら作成した地図を持っていた。眠るための部屋と幾つかの酒場の位置だけが記されている地図を頼りに、蝶が花蜜や樹液を求める如く酒を求めて彷徨った。

資料室で味わった挫折を忘れたいがゆえ、光は酒場という酒場に顔を出し、次々と杯を空けていった。無限などグラスの底に沈めてしまい、一思いに飲み、一刻も早く忘れてしまうに限る。自分にできるのは精々、今ここでこの一杯に鳧《けり》をつけること位なのではないか。そう考え、彼は酔っ払った蝶となり舞っていた。

しかし本当は蝶でなく蛾だったのかも知れない。脱出を断念し、酒だけを求めるようになった光にとって迷宮は永久に夜であった。そしてある晩、前後不覚になるまで飲んだ末、寝泊まりしていた部屋に帰れなくなってしまった。ポケットに地図を入れておいたカーキ色のジャケットを紛失したのである。朦朧《もうろう》とした意識で歩いた所為《せい》で、光は帰るべき部屋から遠ざかり、どこに通じているか分からぬ螺旋階段の途中で倒れ、眠りに抱き込まれていった。すっかり迷ってしまったのだが、実の所これはまたとない幸運だった。

眼を醒ますと、螺旋階段の上方から光が降り注いでいた。昨夜は暗くて何も見えなかったというのに、起きた時には明るみのなかにいた。本来昼も夜も存在せず、常に薄暗い迷宮において、時間によって明るさが変わるのは珍しいことだった。上に客室があり、そこで暮らしている人が灯りを点けたのだろうか。それとも外に通じており、実際に日が昇りでもしたのだろうか。資料室での探究を通して迷宮に外はないと思い知ったにも拘わらず、洩《も》れてくる光に眼を眩《くら》まされ、起き上がるなり彼は期待とともに段を上り始めた。出られる筈がないと諦めては、出られるのではないかと考え直し、再び諦める。光は懲りずに夢見心地で跳ねていく。

二日酔いの身体で螺旋階段を上り切ると、開け放たれた二枚の大きな扉があり、その先には広大なホールが開けていた。ホールに足を踏み入れた時、光は眼を疑った。その空間の異様な広さ、天井の高さ、および内部に一棟のビルが収まっている様に圧倒されたのである。長らく迷宮を歩き続けてきたが、これほど視界が開けた瞬間はなかったし、独立した一つの建物を見るのも初めてだった。

さらに、そこには晴れ晴れとした空があった。ただし空とは言っても模造の空、天井に描かれた青空の絵でしかなく、所詮は外部に似せて造られた内部に過ぎなかった。ほんの束の間ではあれど、またしても外を夢見てしまった光は幻滅したが、それでも清々しい気持ちで青空を眺めた。四方の壁の上部に設置された幾十台もの投光器が天井画に強烈な白光を照射しており、その組み合わせが晴れ間を演出しているのであった。日光を模しているこの舞台照明が開け放たれた扉の合間を通り、光の眠りこけていた螺旋階段まで届いていたのである。

外を模した内、外界そっくりの内装が施された空間があることは、以前から何となく予想できていた。迷宮の設計者であれば、その程度の目眩しは造作なくやってのけるに決まっている。しかしこれほどの規模で、こんなにも巧妙に行われているとは驚きだった。もはや外に憧れて煩悶《はんもん》する必要などなく、この空間に住み着き、いつまでもひらひらと舞い続けていればいいのではないか。限りなく外部に似せて造られた内部とは、ほぼ外部に等しいと言っていい筈である。太陽と青空まで包み込んでいる虫籠《むしかご》のなか、果たして蝶は不足を感じるであろうか。不思議なことに、迷宮には外がないという説が補強されたというのに、光はかえって安らぎを覚えていた。

そして模造の空より遥かに彼を喜ばせたのは、巨大なホールに高々と立っている建物、大きなビルの存在だった。眼を凝らすと硝子扉の奥、一階には受付があるのが見える。どうやらホテルであるらしかった。迷宮のなかに贋《にせ》の外界が収められているだけならともかく、そこにもまた小さなホテルが建っているとは想像だにしなかった。無限の部屋を有するホテルのなかにささやかな有限の規模のホテルが建っているとは、何と奇妙な光景だろうか。高さは十階までしかなく少し離れて見れば容易に外観を一望できる、ごく常識的な大きさのホテルが建っているのである。これまで眼にしてきたなかでも群を抜いて違和感を抱かせる場所だった。

ホールの天井に描かれた青空、真下に聳《そび》える十階建てのホテル、この二つを光は好ましく思った。青く塗られた天井には白い鱗雲《うろこぐも》が漂《ただよ》っており、日光を宿していることを示すため、輝く純白から黒に近い灰に至るまで、明暗の具合さえ丁寧な筆致で再現されている。しかし、天井には綺麗な空が描かれているのに四方の壁は打ち放しのコンクリートであり、眺めていると深い井戸の底から青空を仰いでいるかの如く感じられてくる。

ホテルの裏側は見えないが、どうも今上ってきた螺旋階段がこのホールまで続く唯一の通路であるらしい。段を上り切った地点からホテルの正面玄関までアスファルトの道路が続いており、その道の通っている箇所以外、フロア一面に人工芝が植えられている。螺旋階段からしか来られないためまったく必要はない筈だが、設計者の遊び心の表れなのか、正面玄関の前には駐車場も設けられている。当然車は一台も止められていない。

やがて眼差《まなざ》しはホテルの玄関に釘付けになった。これまで迷宮を歩き続けていたので、ホテルに玄関とフロントがあるということに引っ掛かりを覚えたのである。光の知っているホテルとは即ち無限の迷宮であり、出ていくべき外界が存在しない以上、玄関もフロントも無用の長物であらねばならなかった。

光は正面玄関へと続く道路を歩き出した。硝子扉の向こう側は灯りに満たされていた。フロントとロビーには誰も立っておらず従業員はいないようだった。

何度も立ち寄ってきた酒場や食事処などとは異なり、まだ誰一人としてこの場を発見していないのかも知れない。もしかすると、ホテルのなかにホテルを見つけたのは自分が初めてなのではないか。漸く安息の地に着いたように思い、大股歩きで進んでいく。

2

フロントにある呼び鈴を鳴らしても反応はなかった。無人のロビーを見渡しつつ光は穏やかな気分に浸っていた。これがホテルの本来あるべき姿なのだ。最初に玄関があり、フロントやロビーがあり、親切にもエレベーターまで備えつけられている。有限の空間内に必要なものが揃っている。世界は限定されており、無辺際に拡張していきはせず、宿泊客を徒らに不安に陥《おとしい》れることもない。

エレベーターで上っていく。ひとまず五階まで上ることにしたのだが、指定の階に向かって上昇している実感があり、今自分は十階建てのホテルにいて一階から五階まで移動しているのだと思うと、状況の簡明さが心強くて仕方なかった。ホテルを収めているホールが迷宮の何階を占めているのかは分からないが、ここに留まっている限り、少なくとも自分が何階にいるのかは常に認識できる。現在地を知っているということがこんなに心を鎮めてくれるとは思わなかった。上昇するエレベーターのなか、呼吸は徐々に深くなり、視界が明るんでいくようにも感じられた。

降りた光は廊下の内装を見るなり錯覚に囚われた。そこには迷宮の廊下と同じく向日葵《ひまわり》を思わせる淡い黄色の絨緞が敷かれており、足元灯や客室の扉も含め、寸分違わず迷宮そっくりに造られていたのである。知らぬ間に小さなホテルを抜け出して迷宮に戻ってしまったかのようだった。

しかし迷宮と決定的に異なるのは、扉に部屋番号を記した金の四角いプレートが付いている点であり、その三桁の数字を見て落ち着きを取り戻した。部屋数が僅か三桁に収まる慎ましい規模のホテルを歩いていると、愉快な気分になってくる。辺りの様子は否応なく迷宮を想起させるが、そこはまったくの別世界であった。

幸いにも五階にある十六の部屋はすべて開錠されていた。このホテルには秘密は一つとしてないようだった。その代わり突然不思議な部屋に足を踏み入れることもなく、扉は悉く平凡な客室に通じていた。ベッドは乱されておらず、宿泊の形跡は見られない。本当に自分が初めての訪問者なのだろうか。五〇三号室を選び、扉を開けて室内に入ると、光は奥に進み両手でカーテンを開け放った。

外にはコンクリートの壁が見えるばかりだった。無骨な壁からは寒々とした印象しか感じられず、外の眺めは、ここは幾らか大きなホールに過ぎず、迷宮のなかに気紛れから設けられた空間でしかない、という現実を知らしめる。しかしそれでもカーテンは閉めなかった。確かに些《いささ》か陰気な眺めではあるものの、一棟のホテルが広々としたホールに収まり、四方を壁に取り囲まれているということを、むしろ美点として捉えようとしたのである。

立ち所にこのホテルが気に入ってしまった。廊下には突き当たりがあり、部屋の数には限りがあり、建物の高さにも上限がある。それは一つの建造物の模範的な姿であり、限りある力と命を持つ人間が暮らすに相応《ふさわ》しい空間だった。

ベッドに寝転がり避難経路図を眺めた。机の抽き出しに入っていた図面は全部で十頁にも満たなかった。光は繰り返し頁を捲り、ごく短い時間でホテルの構造を知り尽くしてしまった。あれほどにも欲しがった全体図、世界を鳥瞰するための建築図面はこんな所に隠されていたのである。ホテルを包んでいるさらに大きなホテル、無限の迷宮の存在さえ忘れられれば、自分の暮らす世界について一切を把握できたようなものであった。

避難経路図によると、ここは客室が全部で百二十七室あるホテルで、一階にフロントとロビー、二階にレストランとバーがあり、三階から十階までを客室が占めているらしい。ホール中央に聳え立つホテル、周囲に敷き詰められている人工芝、四方を囲っているコンクリートの壁、頭上に広がる模造の天空、これらが世界のすべてであり、その外には何もありはしないのだ。頁を捲りつつ光は努めてそう思い込もうとした。

3

ホテルの探索を終えて客室でビールを飲んでいた。二本目を飲み始めたところであり、酔い心地は上々だった。窓の外には夕焼け空が眺められた。時間帯によって転換するのだろうか、壁の上部に固定され、天井へ向けられている投光器はすでに消灯しており、傍に設置されている橙の常夜灯に切り替わっていた。この橙色の光が黄昏《たそがれ》を演出しているのであった。

模造品ではあれども鮮やかに描かれていた青空とは違い、照明の転換によって急造された夕空は、いかにも粗雑な出来映えを呈していた。ホテルの時計、迷宮にはなかったそれが十八時を指した途端、空の色は一変し、それまで停止していた世界は突如として昼から夕方への移行を遂げたのである。大型の白色照明が消え、急に屋外が暗闇に包まれたかと思いきや、僅か数秒足らずの間を置いて橙色の常夜灯が点けられた。昼の数時間はあたかも魔法のように過ぎ去り、夕暮れ時が訪れたと分かりはするが、そこに情緒的な趣《おもむき》は見出せない。

しかし、このあまりに速やかな変わりぶりには惹かれる所があった。自らの無限を誇り永遠すらでっち上げていた迷宮が根負けし、それまで止められていた時間が堰《せき》を切って溢れ出したかのような、不可避の運動を感じさせるからだった。時は洪水の如く押し寄せ、空は一瞬のうちに塗り替えられ、太陽は不本意ながら退場を余儀なくされる。無論、これまた設計者によって迷宮の機構に組み込まれた絡繰りの一つに過ぎないのだが、今まで歩いていた場所が一定の薄暗さを保っていたのと比べれば、時間によって明るくなったり暗くなったりするこのホールは、遥かに快い場所であった。ここに閉じ籠もっている限り、迷宮に囚われているという事実もいつかは忘れられそうだった。

窓辺に置いた椅子に掛け、光は再び図面に眼を通し始めた。ホテルに着き、日中各階を練り歩き、全部屋を確認してみたが、避難経路図を裏切るような部屋は見つからなかった。シングル、ダブル、ツイン、三種の部屋があり、上に行くにつれてダブルとツインが多くなっていく。二階のレストランの裏には食材を貯蔵している厨房があり、バーには大量の酒が置かれている。今飲んでいるビールは部屋の冷蔵庫にあったものだが、別の酒が飲みたくなったらいつでも二階に行けばよかった。ここには伸び続ける螺旋階段など存在せず、地図と世界はぴたりと一致しているのだから。

4

十九時になると夜が訪れ、月こそ昇らぬものの、空には無数の星が輝き始めた。おそらく天井に豆電球か何かが埋め込まれており、それらが一斉に発光し始めたのであろう。夕方から夜への転換も僅か数秒のうちに行われた。常夜灯はその名に反して消えてしまい、直後、豆電球たちが星を装って夜空に出現したのである。光は真昼と夕方のみならず夜まで用意されているのを嬉しく思った。

眺めていた図面をベッドに放り、外に出ることにした。もう帰り道を覚えるべく地図を作成する必要はなかった。五〇三号室が自分の部屋であり、ホテルを収めているホールから出なければ迷ってしまう虞《おそ》れはない。

廊下に出ると辺りを見廻した。内装が完全に同じであるため、迷宮を彷徨っていたらこのホテルに辿り着いたのか、それとも、小さなホテルを彷徨っていたら無限の迷宮を見つけ出したのか徐々に曖昧となる。答えは分かっているにも拘わらず、迷宮で踏み慣れた絨緞の感触がそれを提出するのを許さない。そうした混乱すら幾らか余裕を持って味わいつつ、彼はエレベーターのボタンを押した。

一階まで下りて硝子扉の向こうへ出ていった。太陽とは関係のない人為的な日没であるゆえ、夜になろうと気温の変化はない。正面玄関から今朝上ってきた螺旋階段の入り口まで続く道を歩きながら空を見上げた。夜空に鏤《ちりば》められた星を見ていると、贋物と知っているのに陶然とする。

光は道から外れて人工芝の上を歩き始めた。ホテルと駐車場、および歩いてきた一本道の通っている範囲以外、人工芝がフロアの全域を埋め尽くしているのだが、それはまるで生きた植物であるかのように見えた。頭上に輝く豆電球が星々に姿を変えているように、プラスチックの芝も葉緑体を備え、日の出とともに光合成を始める本物の草木と化していたのである。模造品の寄せ集めのなか、光は命ある世界にいるように感じ、ふと芝の上で立ち止まった。眼を瞑《つむ》り深く息を吸い、ゆっくり吐き出した。

深呼吸してから再び星空を見上げる。幾光年もの彼方から降り注ぐ光とは情感において雲泥の差がある。見たところ五十メートル位の高さから届く豆電球の光は、明るさ、色味、拡散の仕方、どの点でも自分は星でなく電球であると赤裸々に暴露してしまっている。しかし、この日の朝に辿り着き、昼から夜まで過ごし、すでにここで生きると決めていた光にとって、それらの電球は正真正銘の星と変わらぬ輝きを放っていた。

その場にしゃがみ、やがて仰向けになった光は、気の所為か芝生が夜露に濡れているように思った。朝になれば二酸化炭素と根から吸収した水分を使い、これらの模造の植物はせっせと炭水化物を合成し始めるであろう。そして光合成の結果放出される酸素、同じく模造の酸素を吸って、自分も新しい命を得るに違いない。その時初めてここの住人となれるのではないか。

プラスチックの芝の手触りを楽しみつつ、光はしばらく夜空に瞬く星々を眺めていた。かくあるべしと定められた己を脱ぎ捨て、幽閉された者から楽園の一員へと変わる瞬間を夢想した。

Ⅳ　反転

1

ホテルのなかにホテルを見つけた光は、その空間を自分のために造り替えようと決めた。迷宮から脱出しようと足掻くのでなく、一定の範囲に進んで閉じ籠もり、内部を改良し殆んど外同然にしてしまおうと考えたのである。偶然任せに拡大していく無秩序に疲れ果て、全世界が整然と収められた一つの壺を求めるようになっていた。

彼は無限の迷宮から十二人の男女、四人の老婆と八人の壮年男性を連れてくると、ホテルの従業員として雇い、報酬に自分の味わっている安堵を約束した。この場所で生きている限り、無限について思い煩《わずら》う必要はなく、有限の生こそ望ましいものであると実感できる。ここでの時間は凝固しておらず、太陽は七時に昇り十九時に沈み、日々は自然と過ぎていくのだから、と。

長い間彷徨い続けてきた老婆たちは、自分はいつになっても死ねないのではないかと案じていたらしく、時の流れるホテルでの就労を喜んでいるようだった。人間には相応しくない無限を押しつけられ、無時間の牢獄のなかで呻吟《しんぎん》するより、このホテルで働き、年を取って死にたいと望むのは当然だった。しかし万が一、星や草木の如く時間までが模造品であり、流れているようで流れていない贋の時間が巡っていた場合、そうした望みは成就しないのだが、光は自身の世界を打ち立てるべく彼女らに協力を求めた。

ホテルを収めているホールを迷宮から切り離し、生老病死のすべてをこの空間に包含させることが彼の計画だった。客室の清掃は老婆に、レストランとバーは自分より一回りほど年長に見える男たちに任せ、いずれは一つの階を丸ごと病院に改装したかった。産室を設けるのもいい。人々はここで生まれ、ここで老い、そして病に伏して死ぬのである。

迷宮に踏み出す機会がなくなり、誰もがそれを忘れてしまえば、失意の底に沈むのは設計者の方であろう。折角あれほどの作品を造り上げたというのに、気づけば誰からも相手にされなくなっている。その時、迷宮は基礎を失い崩れ、幾億兆もの瓦礫《がれき》の山と化しているに等しい。

実際、無限の迷宮など、ある種の俗悪さの所産であるに違いなかった。何ら構造上の必然を持たず、ひたすら拡張する建造物を見せつけられたとして、それのどこに知性や美的直観の片鱗が認められるだろうか。讃美を捧げるには値しない廃墟に過ぎないのではないか。光はそう思い、忍耐強く内部に己を押し留め、脱出を夢見ることなしに迷宮を克服しようと目論《もくろ》むようになった。

四人の老婆が客室に集まり、ホテルの開業に向けてベッドメイクの練習に励んでいた。光は支配人として様子を見守っている。迷宮を捨てて光のホテルに越してきた記念に、それぞれ新しく名を与えられ、特に老いている二人は大《だい》白蓮華《びゃくれんげ》と大紅蓮華《だいぐれんげ》、そうでない二人は白蓮華と紅蓮華と呼ばれていた。花の如く瑞々しく潑剌《はつらつ》として生きてほしかったのである。八人の男は少欲《しょうよく》、知足《ちそく》、楽寂静《ぎょうじゃくじょう》、勤精進《ごんしょうじん》、修禅定《しゅぜんじょう》、修智慧《しゅちえ》、不妄念《ふもうねん》、不戯論《ふけろん》と名づけられ、一生懸命仕事に勤しむよう命じられていた。八人は元々食事処や酒場で働いていたため、老婆たちとは違って研修は積まずとも済んだ。

　老いを感じさせぬほど歯切れよく大白蓮華が言った。

「支配人には心から感謝しております。このホテルにいるからにはもう何も心配ありません。今日はどうやって時間を潰すべきか、どこを歩き廻りどの程度へとへとになればいいのか、悩まなくてもよくなりました。朝になったら仕事を始め、夜になったら眠ればいいのです。ただそれだけだなんて、どこまで簡潔で快い生活なのでしょうか！　こんなに小さなホテルで迷う筈がありませんし、嬉しいことにエレベーターまであります。老いぼれには絶好の職場です。それにひきかえ迷宮の螺旋階段ときたら！　足腰が痛くなるばかりか、どんなに上り下りしてもどこへも着かないのですからね。失礼しちゃいますよ、本当」

シーツの皺《しわ》を伸ばしながら白蓮華が言った。

「残念ながら太陽そのものは見られませんが、青空があって夕空があって、さらに星空もあるとは本当に素敵ですこと。支配人、ここを見つけるまでにはさぞかし苦労も多かったでしょう。それなのに独り占めにはせず私たちまで招いていただき、ありがとうございます。ホールまで連れてきてくださった日のことが、まるで昨日の出来事のように思い出されます。最後の螺旋階段を上り、支配人が少し勿体《もったい》振《ぶ》った御様子で扉を開いてくれたあの瞬間、私たちの暮らしは何から何まで様変わりしたのです」

鼻歌を歌っていた大紅蓮華も言った。

「そうでしたねえ。ホールに最初の一歩を踏み出した瞬間のことは死ぬまで忘れないでしょう。身体が急に縮まったのかと思うほど、ぱっと視界が開けたので、何が何だか分からず、ただもう眼を疑うしかありませんでした。本当にびっくりしましたわ。こんなにも大きなホールがなぜこんな場所にあるのか、理解できませんでしたし、何とそこにはホテルが建っていたのですからね。ですが、今日からここで働けるのかと思うと、とびきり嬉しかったのを覚えています。芝が広がり空は晴れていて、言うことなしでした。支配人の仰《おっしゃ》っていたように、ここには全部揃っているのだと直ちに納得できました」

仕上げにベッドカバーを被せると、紅蓮華が言った。

「白蓮華さんも言ったように、ここを独り占めにはなさらないのがあなたの人徳というものですわ、支配人！　私たちを歓迎し、清掃員として雇い、ホテルらしくきちんと経営し始めるなんて、誰にでもできることではありません。運良くここに来られた人はお客さんとなって心穏やかに暮らすのですね。そうなれば、迷宮には二度と帰りたくなくなることでしょう。ここに理想的な場所があるというのに、わざわざ迷宮まで出かけていき、終わりのない廊下をとぼとぼ歩きたがるような人がいるでしょうか？」

ベッドメイクの勘所を修得しつつある四人を監督しながら、光は淹れたばかりのコーヒーを飲んでいた。窓辺に行って厚いカーテンを引いてみると、空はいつの間にか夕焼けに変わっていた。一時間以内に夜が訪れる筈だった。日が沈めば模造の星が一斉に輝き始め、芝草は暗がりに呑《の》まれてしまい、老婆たちも各々部屋で眠りに沈んでいくであろう。やがて訪れる夜の様子を思い夕景を眺めていると、四人も窓に寄ってきた。

窓硝子に触れて外を眺めつつ、大紅蓮華が言った。

「ああ、こうして日没を見られるとは。実のところ最初にお話を伺った時には半信半疑でした。今となっては恥ずかしい限りですが、どうせ老人を揶揄《からか》っているのだと思い、話半分に聞いていたのです。しかし支配人が熱心に誘うものですから、どれどれ、一度見てやろうかしら、と、好奇心が湧き、老骨に鞭《むち》打って歩いてきたのです。何度も挫けそうになりました。それでも必死に支配人の後を歩きました。そうしたら、こんなに立派な夕日があるなんて！　あまりの景色にびっくりしてしまい、初めて見た瞬間は涙が零れるほどでした」

硝子に額を押し当て、下を覗いている白蓮華が言った。

「おかしな話ですけど、この夕日には自然の息吹のようなものが感じられますわ。私、必ずしも人工的な風景が悪いとは思いません。上手く言えませんが、かえって本物の夕日以上に本物らしいと言えるのではありませんか？　この夕日のお蔭《かげ》で、どこで過ごしたかも分からない少女時代の記憶が蘇《よみがえ》るように思うのです。例えば、うっかり深く眠ってしまった仮眠から醒めていく時など、窓から入る光の具合と、窓とベッドの位置関係からか、子供部屋、木のベッドで寝ている子になったと錯覚してしまったり」

そう言って白蓮華が退くと、今度は紅蓮華が窓辺に立って言った。

「そうなのですよ、支配人、そう言われてみればそうなのです。この辺りには少女時代の甘やかな香りが漂っているようなのです。勿論私たちにそんな時代があったとしての話ですがね。記憶が蘇る、とは申しましても、水の底から浮き上がる泡《あぶく》のように儚《はかな》いものでございまして、まったくの夢幻であるやも知れぬ、頼りない、それゆえ甘美な甘美な記憶です。それで私、素敵な案を思いつきました。駐車場の近くに小さな公園を造ってみるのはどうでしょうか。何だか皆で夕焼けを見ながらブランコを漕《こ》ぎたくなりましてねえ。幾つかの遊具さえあれば私たちは少女のようになり、頂いた名の通り花やいだ身のこなしで駆けてみせます」

紅蓮華が青い血管の浮いた手を撫《な》でながら言うと、窓辺からはすでに離れている光の隣で大白蓮華が言った。

「まあ、公園ですって？　とてもいい思いつきじゃありませんか。欲しいものは何でも集めてみましょうよ。少女みたく遊びながら働けるとは、私たちどこまで幸せ者なのでしょうか。支配人には重ね重ね感謝しなくてはなりませんね。迷宮にこんな所があるとは思いもしませんでした。あなたの仰る通り、迷宮なんて消えてしまったようなものです」

光も支配人らしく演説をぶつことにした。

「感謝するのは私の方です。皆さん、御協力ありがとうございます。一生懸命ホテルを切り盛りし、至る所からお客様を集めてくると約束します。ここで暮らす人々が迷宮に出ていかなくても済むような場、ここだけで完全に自足している場を造れたら幸いです。私は迷宮の設計者に一泡吹かせてやりたいのです。

あのお粗末な建物より優れた、住み良い世界をここに実現させたいのです。何か理想があるなら、今この場所に実現させてしまいましょう。迷宮を用済みにするだけでなく、このホテルにいる誰もがあれを忘れてしまうまで、私は戦い続けるつもりです。いえ、一人相撲なんかじゃありません。どんなものであれ建造物があるからには、設計を手がけた人間がいる筈です。設計者に自分の仕事の俗悪さを思い知らせてやるのです。ここに一つの世界を造り、迷宮など初めから存在しなかったかのように生きるのです。忘却と風化によって迷宮を倒壊へと導くのです。そのために力を貸していただきたい。どうかよろしくお願いいたします」

2

ある夕、厨房では調理師たちが忙しなく行き交っていた。レストランで振る舞う料理の最終確認をしていたのである。ステンレスの調理台の輝く空間を歩き、光は彼らの働きぶりを眺めていた。

勤精進はフライパンでハンバーグを焼いており、その後ろでは楽寂静がボンゴレを盛りつけている。光は厨房に漂っている匂いを嗅《か》ぎ、包丁が小気味よく俎板《まないた》を叩く音に耳を澄ます。ピザでも焼いているのであろうか、生地とチーズの焼ける匂いに食欲をそそられ、腹は今にも鳴り出しそうだった。折好く修智慧が寄ってきて、サンドイッチの皿を差し出してくれた。

「支配人、お一ついかがですか？」

「おや、どうも」

一口で半分ほど頬張《ほおば》ると、唇は柔らかなパンを挟み、舌が甘みを感じ取った。レタスはしゃきりと音を立て、ふんわりした卵が口のなかに広がり、やがて香ばしいハムと一緒に飲み下される。光はすぐに残り半分も平らげてしまった。

「美味しいですね。申し分ない」

「一同腕に縒《よ》りをかけて作っています。これからオムライスを味見するのですが、ちょうどそろそろ夕食時ですし、支配人も御試食なさってはどうですか」

「では、いただきましょう」

修智慧に答えてから、オムライスのためチキンライスを炒めている知足と、その隣でハヤシソースを煮込んでいる少欲に声をかけた。

「お二人とも御苦労様です。間もなくオープンですね。何かあったら遠慮なく言ってください」

フライパンを火にかけながら知足が言った。

「大丈夫です。食材は今のところたっぷりありますし、足りなくなれば、遠征隊を組んで迷宮に探しにいくつもりです。お客様が何人来てくださるのか分かりませんが、おそらくはこの六人でも何とかなる筈です。どうしても忙しい時はバーにいる不妄念や不戯論を頼ってもいいのですから」

光は諭すようにして言った。

「頼もしい限りです。厨房は安心して皆さんに任せられますね。ですが、食料が尽きた時には私が何とかするので安心してください。重要な点を見落としてもらっては困ります。いいですか、迷宮のことをすっかり忘れてしまうため、私たちはホテルを開業するのです。皆さんに頻繁に出かけていかれたら、折角の試みも台無しになってしまいます。確かに食料の備蓄についてはのちのち考える必要がありますが、当面の補給に際しては私一人で出かけますので、そのつもりでいてください」

ハヤシソースの煮立つ鍋の火を止め、少欲が言った。

「支配人、それは危険過ぎるのではありませんか？　補給は私たちが責任を持って担当します。支配人がお一人で探しにいくなんて、いくら何でも承服できません。それこそ無謀というものです。もし支配人が迷ってしまい、このホテルまで戻ってこられなくなったとしたら、私たちはどうしたらいいのでしょうか。船長を失った船が難破するのは時間の問題です。お願いですから支配人はここにいてください。食材調達だって料理人の仕事に含まれている筈です」

少欲の意見は尤《もっと》もだが、光は譲らない。

「いいえ、どうしても私一人に任せてほしいのです。私は迷宮を覚えている最後の一人になりたい。そして、いつか私にすら忘れられた時、迷宮は音も立てず崩れていくことでしょう。誰もが忘れてしまえば、それは存在しないようなものですから。その時漸くホテルは素晴らしい場となるのではないでしょうか。どうか皆さん心配しないでください。地図を描きながら歩き、無事に戻ると約束します」

「そう仰られても不安でなりません！　せめてお伴させていただけないでしょうか？　支配人の身に何かあればホテルだって危機に陥ります。一人で探索するなど以ての外です。私は迷宮で学びました。人は一本道を歩いていても迷ってしまうのです。膝位の深さの水で溺れてしまう可能性があるのと同じです。歩いているうち進んでいるのか止まっているのか分からなくなり、前と後ろ、二つの方向しかないのに、どちらから来たのか確信が持てなくなるのです」

少欲がそう言うと、修智慧も言った。

「恐ろしく不毛な時間が思い出されます。今では不思議に思うのですが、どうして私たちはあんな場所で過ごしていられたのでしょうか。当てもなくただ歩き続ける。それだけです。あんなものが生活と呼べるでしょうか？　このホテルはなんて素敵な場所なのだと日々感激しております。私も支配人のホテルのためなら全力を尽くします。それにしても、食料が無尽蔵にあれば言うことなしなのですが、なかなかすべては上手くいかないものですね。いつか尽きてしまうとは考えるだけでも憂鬱です。ですが、支配人、私たちも遠征にはお伴させてください。あなたを一人で行かせたら従業員失格です」

気づけば勤精進も楽寂静も調理をやめ、こちらを見つめていた。少欲と修智慧の動揺が伝わってしまったようだった。厨房全体が不安に包まれるかと思われた時、幸いにも知足がオムライスを完成させた。

「まあまあ、食材の調達については後でゆっくり考えるとしましょう。貯蔵されている分だって当分なくなりはしませんよ。それより、どうですかね、ほら、結構な出来映えだと思いませんか？　修智慧、食器を持ってきておくれ。少欲もぼさっと見てないで鍋のソースをかけてください」

「そうだった、そうだった、オムライスの味見でしたね！」

そう言って修智慧は食器を取りにいった。少欲も鍋のなかを混ぜ始める。

知足のお蔭で調理場は息を吹き返した。勤精進、楽寂静は仕事を再開し、少欲はオムライスにハヤシソースをかける。修智慧の持ってきた皿にある出来たばかりのオムライスを、光は立ったまま食べることにした。

自ら名前をつけてやった従業員、物語のために選び取った素直な登場人物たちと話していると、何もかも大丈夫であるように思えてくるが、それでも不安を完全に拭い去ることはできない。ホテルにいる者が一人残らず迷宮を忘れ、満たされた定住生活を送るなど果たして可能なのか。光は銀のスプーンを握り、調理台を前にして思索に耽る。

3

光沢のある牛革の鞄《かばん》を提げ、光は正面玄関からホテルの外へ出ていった。鞄には何冊ものノートと筆記具、それにセロハンテープなどが入っている。ホテルのロビーには四人の老婆と六人の調理師が立っており、芝生に開かれた道を歩く光の姿を見送っている。酒場を任されている不妄念と不戯論は硝子張りの扉を開き、小走りで光の後を追い始めたところだった。迷宮を一人きりで歩くのは危険であるため、二人が従者を務めることになっていた。

ついに開業の時期が迫り、ポスターを貼らねばならなくなった。光は幸運にもこの場所に辿り着いたが、それ以前に人の暮らしていた跡はなく、放っておいても自然に宿泊客が集まってくるとは考え難い。そう判断し、ホテルを収めているホールの位置を記したポスターを、迷宮の至る所に貼ると決めたのである。ポスターを貼っているうちに迷ってしまっては本末転倒なので、自分用の地図も作成しつつ客向けの地図を貼っていくのが最善策であると思われた。従業員を集める際にも光はこの方法を採用し、地図を貼りながら勧誘活動を行っていた。しかし老婆や調理師は光の身を案じ、皆一緒に行くべきだと言って聞かなかった。話し合いによって不妄念と不戯論の同行が決議され、こうして現在、光は二人の伴侶を従えて歩いている。

ホールの入り口、迷宮への出口に着くと、両開きの扉を引いて三人は階段を下り始めた。扉は光がホールを発見した時点では開け放しになっていたが、以後は迷宮との繋がりを断ちたいという思いから常に閉ざされていた。光、不妄念、不戯論の三人は一段ずつ下っていく。宿泊客を呼び世界に足りないものを補うべく、彼らは造り上げつつある秩序ある空間を離れ、無秩序への逆行を始めたのである。

今回の遠征ではおよそ六十枚のポスターを貼る予定でいた。地図だけでなく宿泊券も兼ねるポスターを作り、ポスター一枚につき一人あるいは一組しか来られないようにする必要もあった。一度に多くの客が押し掛ければ、当然ながら部屋の数が足りなくなってしまう。それゆえ見つけた者はその場でポスターを剝がし、付属の地図を頼りにホテルを目指さなくてはならない。そして宿泊券とセットになったポスターをフロントで呈示することで、晴れて客として迎えられる。それが光の考えた無理のない集客方法だった。

光の後ろで不戯論が言った。

「久しぶりに螺旋階段を歩きますが、人を不安にさせる目的で造られたとしか思えませんね。ぐるぐると眼が廻ってしまいます。ポスターを貼り終えたら一刻も早く帰りたいものです」

不戯論の後ろで不妄念が言った。

「どうも螺旋状の運動が好きになれません。死ぬ思いで歩いても、思ったほどには位置が変わらないんですから。こんなに歩いているのに、どうしてこれっぽちしか下がっていかないのでしょうか。莫迦莫迦《ばかばか》しくなるのが当たり前です。人の尊厳というものが見当たりませんよ、ここには」

光は慎重に段を下りながら言った。

「ホテルから置き時計を持ってくればよかったですね。時間を把握できないことが随分心理的な負担になっているように思います。でも、この階段はそろそろ終わる筈ですよ。螺旋階段が終わったら一本道ではなくなりますから、そこからは地図を描きながら進みましょう」

不戯論が言った。

「反対を押し切ってまで御一緒させていただきましたが、こうして歩いていると、私たちの判断は間違っていなかったのだと胸を張れます。油断せず皆で知恵を出し合い、ポスター貼りに励むべきです」

　不妄念も重ねて言った。

「三人で来て正解でしたね。きっと迷わずに済みますとも。それに、私は赤いガムテープを持ってきています。全員が地図を失くしてしまった時でも、まあ、流石《さすが》にあり得ないとは思いますが、そんな時でも、色々な場所に貼ったテープを頼りに、どうにか帰ってこられるかと思います」

　光は二人を頼もしく思い、資料室での孤独な日々を振り返った。あの時も、今のように心強い助手がいたのなら、首尾よく迷宮を抜けるための図面を見つけられただろうか。調べれば調べるほど埃の舞い上がる部屋を思い浮かべたのち、彼は苦い記憶を払おうと努めた。

4

時たま立ち止まり、三人は揃って地図を描き始める。最初に下ってきた螺旋階段から今歩いている地点まで、地図の上に精確な帰り道を構成しなくてはならない。ある程度まで描くと互いの地図を覗き、自分または相手が間違えていないか確認する。全体が歪んではいないか、省略が多過ぎはしないか、入念に読み合い、地図と現地の照合を徹底して行う。それが済んだら、不妄念の持ってきたガムテープを辺りに貼りつける。扉や壁に赤い印を残し、一行は再び歩き出す。

どの客室にも時計は置かれておらず、ホールでは仰ぐことのできた空も失われているため、一日一日の境界は曖昧となり、すでにどれだけ経ったのか分からなくなっていた。ホテルでは皆が心配しているに違いない。不安に耐えかね、自分たちも同行すべきだったと悔いているかも知れない。早めに帰らねばと思いつつ、ポスターを迷宮中に散在させるべく、光は不妄念と不戯論を連れて歩く。

三人で合わせて二十冊のノートを持参しており、そのうち三冊を銘々が地図として使っていた。そして残りの十七冊から頁を破ってテープで貼り合わせ、ポスターを作っている。ポスターには迷宮の設計者を非難する言葉が並ぶこともあれば、自分たちの造ろうとしている世界を無邪気に讃美する言葉が並ぶこともあった。時の移ろいが視覚的に感じられ、空には太陽と星が輝くという点は特に強調された。迷宮と慎ましい規模のホテル、双方の対立を鮮明に、時には苛烈な言葉で描き、光は迷宮に倦《う》んだ人々を魅了しようとした。

　扉と扉の間にポスターを貼り、光は言った。

「さて、今日はここまでにしませんか？」

　地図帳から顔を上げて不戯論が答えた。

「そうですね。適当な部屋に入って眠りましょう。今日はかなり歩きました。もう足が棒のようですよ」

　不妄念もガムテープを千切りながら言った。

「いやあ、くたびれました。いざ服を脱いで布団に入れば、間違いなく私が一番に眠れるでしょうね」

光は言った。

「明日は階段を探してひたすらに上を目指してみましょう。お客様には様々な場所から集まってきてもらいたいです。勿論、遠くを目指す時こそ気を抜かず、丁寧に地図を描かないといけません。ガムテープも貼っていますし、心配ないように思いますが、間違いに気づかず進んだら命取りです」

「肝に銘じております。ホテルの皆と生き別れになるなんて御免です。これまでの慎重さを保ち、いえ、これまで以上に抜かりなく行動するつもりです」

不戯論に続けて不妄念が言った。

「慎重であり過ぎる位がちょうどいいのでしょうね。眠る前にもう一度だけ地図の確認をしませんか？　何が起こるか分かりませんから、念には念を入れた方が賢明かと」

光は助手の提案を受け入れる。助手はあたかも自分の手足のように働いてくれるばかりか、自分の頭のように思案してくれるのだからありがたい。

「そうですね。慎重に行動するあまり、石橋を叩いて崩してしまう位がいいのだと思います。さあ、それでは今日一日の道程を振り返るとしましょう。最初は一人で充分だと思っていましたが、今ではお二人の同行に感謝しています。自分の描いているものを冷静に見るのは何より難しいですから、人の眼があると思うと安心できます」

不戯論がドアノブの一つに手を掛ける。扉が開くと、どこにでもある客室、見慣れたツインルームがあった。三人は順に部屋に入り、不妄念と不戯論はベッドに腰掛け、光は傍に椅子を引いてきた。光が不妄念のノートを、不妄念が不戯論のノートを、不戯論が光のノートを手に取り、互いに見比べ検討を開始する。

地図の描き方にはそれぞれの個性が表れており、三人は同じ迷宮を歩きながらも異なる世界を旅していたかのようだった。光が精確な地図を志し、全部の扉をいちいち描き込んでいるのに対し、不妄念は十を一つの単位にして巧みな省略を行っている。無数にある部屋を描き切るのは困難を極めるが、光はシャープペンで著しく縮尺の小さな地図を描いていた。不妄念と不戯論は鉛筆とボールペンを使い分け、光のノートと比べると幾らか大雑把に映る、縮尺の大きな地図を作っていた。独自の地図記号を用い、扉の先に何があったのかまで詳細に記している光の地図を捲りながら、不戯論が言った。

「何度見ても支配人の地図には引き込まれます！　歩いてきた道が生き生き蘇ってくるものですから、こうして指で辿っているだけでも、これまでの旅を繰り返しているような気分になれます。ああ、そうでしたね、ここで、そろそろ普通の部屋があるだろうと思って踏み込んだら、ベッドの並ぶ病室に通じていたのでした。あの時は驚きました」

　不戯論の捲る光のノートを覗き、不妄念も言った。

「いやいや、驚くべきは病室があったことより、あそこに医者と看護師がいたことでしょう。これだけ広い迷宮であれば、何であれどこかには専門家がいて、似つかわしい部屋に収まり、真面目に働いているというわけです。そしてあの病室でもポスターを配った支配人には感服いたしました。確かに私たちのホテルに移住すれば弱っている人たちだって回復するかも知れません。心労から解放されるのが一番の薬ですからね」

不妄念に光のノートを見せつつ、不戯論が言った。

「看護師と医者にポスターを渡し、それから私たちは病室に設えられていた階段を上り、また廊下を歩き続けました。そうして辿り着いたのが」

彼はノートを捲って上階の描かれた頁を開く。

「ここ、植物園でしたね。植物園とは言っても、陳列されているのはすべて人工の植物でした。でもあれはバーを彩るのに使えそうでしたから、場所をきちんと記憶しておきたいです」

光も不妄念のノートを繰りながら言った。

「こうして地図を描いてみるとよく分かりますが、建物全体にもそれぞれの部屋の在り方にも、秩序らしい秩序、統一感というものが見られません。対称性なんかはわざと避けたのでしょうか。経路を記憶できないように造られたみたいです。時々不思議な部屋に入ると嬉しくもなりますし、これほどの建物を設計したのは見事ですけれど、めちゃくちゃに、思いつくがまま、無闇矢鱈《むやみやたら》と大きく造られている点には感心しません」

　光は不妄念に地図を返し、不戯論から自分のノートを受け取った。

「地図に誤りはなさそうですし、明日に備えて眠るとしましょうか。私は向かいの部屋で眠ろうと思います。この部屋は二人で使ってください。問題があったら戻ってきますから、もし私が戻らなかったら、近くにまともな客室があり、そこで眠りに就いたのだと思ってください」

　不戯論が立ち上がって言った。

「支配人の部屋が見つかるまでは私たちだって眠りませんよ」

　不妄念も言った。

「支配人の眠る部屋を確認してからです」

　光は二人の申し出を嬉しく思い、助手たちと一緒に部屋を出た。向かいの部屋も鍵が開いており、さらに酒場などではなく一般的な客室であったため、そこで眠ることにした。

　彼は言った。

「では、先に起きた人が他を起こすということで。二人ともよく休んでください。おやすみなさい」

「おやすみなさい」

「おやすみなさい」

就寝の挨拶を交わすと、助手たちも部屋に戻っていった。

5

ポスターを貼り終えた三人は、多くの苦難を乗り越えてホテルに帰り着いた。地図と地図は幾度も照らし合わせられ、互いの描き落としを探り合い、その不完全さを補い合った。ホテルに着く頃には、三冊の地図は信頼できるものとなっており、不安念も不戯論も、これでいつでも外へ出かけていけるぞ、などと強がりを言っていた。だが、光にとってそれらの地図は迷宮の実在の証《あかし》として映り、いつか破棄せねばならない、という焦りが駆り立てられるばかりであった。

帰還した一行を真っ先に出迎えてくれたのは、老婆の歓呼でもなければ調理師の温かな眼差しでもなく、濁った夕焼け空だった。暗褐色に染まった雲を浮かべており、紛い物でしかないのは一目見れば分かる。ねぐらを目指して飛んでいく鳥の影などは勿論なく、夕方になって照明が暗くなると、昼には見られた絵の奥行きも失われてしまうため、真っ平らな天井がその姿を晒《さら》しているばかりである。しかし旅人の胸は故郷に帰ってきた感激に満たされ、長旅の疲れも忽《たちま》ちにして吹き飛んでしまった。

光と並んで夕空を見上げていた不妄念が言った。

「これです、この空を見上げたかったのです。ついに帰ってきましたね。長い長い道のりでした！　夢のなかでもノートを開いて歩いていたほどです。今だから言えるのですが、毎日怖くて仕方ありませんでした。ちゃんと帰ってこられて本当によかった！」

不戯論も両膝に手をついて言った。

「帰る場所があるというのは素敵なことですね。この空をもう一度見たいがため、ノートに縋《すが》り、死ぬ思いで歩いてきたのです。夕焼けの見られない生活なんてもう考えられません」

助手たちの言葉を聞きつつ、光は夕焼けに染められたホテルを眺めていた。ノートに写した廊下を歩き通し、ホールに辿り着いた時、彼もやっと肩の荷を下ろすことができた。

徹底的に注意深く、地図を描いた過去の自分を疑える限り疑い尽くし、そうして歩いてきたのだが、絶対に帰れると確信したことは一度もなかった。最後の階段、地図が精確ならホールに続いているであろう螺旋階段を上っている時でさえ、事によると罠《わな》に掛かったのではないか、という疑念を捨てられずにいた。

迷宮を歩きながら表紙に皺の寄ったノートを開くと、そこにはシャープペンの写した多くの部屋があり、部屋を従えてどこまでも伸びていく廊下がある。一本一本の線も種々の地図記号も、自ら記したものに違いない。所々に散見される覚え書きの類いも自身の筆跡で書かれているのは疑い得ない。僅か数行ばかりの書きつけは、何かしらの必要性を感じ、帰路の助けになるだろうと思い、外ならぬ往路の自分が記した文である。だがそのなかには、なぜ書き残したのか不明な走り書きも散見された。その時々の感情や二人の助手の発言など、蛇足や余談に過ぎない文章まで見られるのである。そうした文章が眼に留まる度、光は、どうしても自分が首尾一貫した人格を保っているとは思えなくなってしまった。放浪を楽しみ、帰還ではなく失踪するのを願っている者が、もう一人同行しているかのようだった。

そして過去の自分の意図が分からず、彼との間に断絶を感じるようになると、自然と地図の精確さにも疑いが向くようになる。ポスターを貼っていた頃の自分は、しっかり周囲の状況を観察し、客観的な描写を心掛けられていただろうか。疲労や投げ遣りな気分に惑わされ、ほんの一頁であれ出鱈目《でたらめ》な地図を描いてしまったのではないだろうか。無造作に引いた線が廊下を歪めており、思いもよらぬ地点で階段を切断しているのではないか。疑いは更なる疑いを呼び、気がつけば描いてきた地図をまったく信用できなくなっている。不戯論と不妄念を明るい言葉で励まし、油断しないようにと語りかけつつも、自身は過度の猜疑心に苛まれていることもよくあった。だからこそ螺旋階段を上り切ってホールへの扉を開いた時、空に浮かぶ淀んだ池の如き色の雲を眼にした時、光は最初にここを見つけた瞬間にも劣らぬ歓喜で一杯になったのである。

三人はホテルの正面玄関へと進んでいった。照明の輝くロビーに幾つかの人影が見えた。影は硝子張りの扉を開き、こちらに歩み寄ってきた。大紅蓮華と大白蓮華だった。

「御無事だったのですね！」

大紅蓮華が嗄れ声で叫ぶと、大白蓮華も叫んだ。

「お帰りなさいませ！」

すでに客が来ているのかは眼を凝らしても分からなかったが、二人がフロント係まで担当していたらしい。支配人が不在の間も従業員たちは協力してホテルを支えてくれていた。帰ってきた三人と出迎える二人は、道の中程で顔を合わせ、互いを抱擁した。光は言った。

「途中何度も自分たちのいる場所が分からなくなりましたが、この通り、三人とも無事です。不妄念さん不戯論さんには数え切れないほど助けてもらいました」

不戯論が大袈裟な身振りとともに言葉を挟んだ。

「いいえ、何を仰るのですか。私たちなんて足を引っ張るばかりでした。支配人を危険に晒したのも一度や二度ではありません。支配人の地図がなければ、どこかに蹲っていた筈です」

不妄念が同じく手振りを交えながら言った。

「私の地図も、不戯論の地図も、恥ずかしながら虫食いだらけだったのです。謙遜ではありません。それはそれは杜撰《ずさん》な地図でしたとも。我ながら驚いてしまうほど誤りに溢れていました」

光はホテルへの道を歩きながら言った。

「二人とも嘘はよくないですよ。私の地図がやけに見辛くて、二人の簡明な地図に助けられたことだって何度もあったではありませんか。地図が三冊あったからこそ帰ってこられたのです。助けなしではどうなっていたことやら」

「鞄をお持ちしましょうか？」

大白蓮華の心遣いは嬉しかったが光は断った。

「ありがとうございます。でも、重くないので大丈夫です。お年のことを考えればむしろ私が大白蓮華さんの荷物を持つべきでしょう。皆さんは変わりなく過ごしていましたか？　お客様はいらっしゃいましたか？」

大紅蓮華が右隣を歩きながら答えた。

「まだお客様は見えませんが、このホテルはすぐ忙しくなるでしょうね。こちらは変わらず元気に過ごしておりましたよ。入念にリハーサルを繰り返しましたから、通常の仕事であればだいたい完璧にこなせるようになりました。支配人、いよいよ始まるのですね」

大白蓮華も左隣で言った。

「皆どんなにこの時を待ち望んだことでしょう。支配人、不妄念、不戯論が帰ってきて、これから、やっとこさ、お客様が集まり始めるのです。つまりは我々の世界が動き出すのです。どうでしょう、夕日の下で酒宴を開きませんか？　三人の凱旋《がいせん》と業務開始をお祝いするというのは？」

「三人ともひどく疲れていますし、本当は何を措いても部屋で一眠りしたいところですが、いいでしょう。ホテルの成功を願って夕暮れを眺めながら飲もうじゃないですか。おめでたい日ですしね」

光の言葉を聞くと、老婆たちは他の従業員らを呼ぶため、足早にホテルへの道を引き返していった。二人の姿がホテルのなかに消えた時、不妄念と不戯論は早くも芝に寝そべっていた。光も腰を下ろし、後ろに倒れ込んで空を仰いだ。

C　ポスターが届く

1

　ある夜、真の夜ではなく言海が夜と定めていた時間、扉を叩く音がした。彼女は修理中だった玩具を置いて客を出迎えにいった。車輪を修理されていた天道虫が、からりと音を立てて転がり、机の上に仰向けになる。

　扉を開けると、よく店を訪れては動物を眺めている初老の女性が立っていた。女は挨拶もそこそこに、上着のポケットに手を入れ、折り畳まれた紙の束を取り出した。言海に渡してから彼女は言った。

「ちょっと見てちょうだい。近くにこんなものが貼られていたの。ねえ、あなたどう思う？　書いてある通りなら素敵には違いないのだけど」

言海は紙を広げ、書かれている言葉を読み上げる。

「無限の迷宮と訣別したくはありませんか？　当ホテルには昼があり夜があります。高く太陽が昇り青空に眼が眩んだかと思うと、やがて日没を迎えて夜になります。夜には星が姿を見せ、植物も安らかに眠ります。百聞は一見に如かず。迷宮よりも立派な世界を造るためとあれば、従業員一同、努力を惜しみません。私たちはお客様の来訪を心待ちにしております。ポスターの右下にはホテルまでの地図を、左下には宿泊券を付けてありますので、是非お越しください。それから最後に、広さだけが取り柄の迷宮とは違い、お部屋の数には限りがありますので、あまり大勢ではいらっしゃらないでください。御了承願います」

言海は自然と微笑みを浮かべていた。ポスターの中央には青い空と白い雲の下、草原に聳え立つホテルが描かれているが、写実性に乏しい絵と突飛な内容にも拘わらず大真面目な文章という組み合わせは、甚だしく不調和であり、読み手の笑いを誘うのだった。

口元に片手を当て、笑いを零すまいとして言った。

「私は見たいです、太陽と青空。ずっとこんな所をうろうろしていたんですから、そろそろ太陽の一つや二つ、この眼で見てもいい頃だと思います」

初老の女性は言海からポスターを受け取ると、右下にセロハンテープで貼られていた地図を剝がし、広げていった。地図は幾枚ものノートを貼り合わせて作られており、畳まれた状態でポスターに付いていた。どこを見ても細い線がびっしり描き込まれているのに辟易《へきえき》したらしく、彼女は気怠《けだる》そうに言った。

「そりゃあねえ、本当に太陽が昇るなら行ってもいいけれど、ほら、御覧なさい。こんなにいろいろ描かれていて、見てるだけでもくらくらしてくるわ。地図を読むのはどうも苦手なの。行く途中で迷ってしまったら元も子もないじゃないの。漸くここに慣れてきたのに、また知らない所を目指して歩くのは御免よ。冗談じゃないったら。この辺に留まっていればどこに何があるのか何となく分かるし、顔見知りだっているし、心細くなんかない。でもそうね、太陽のためなら、冒険する価値もあるのかな。言海ちゃんはどう思った？　このポスター嘘かしら、本当かしら？」

言海は地図を見つめながら言った。

「本当だったら面白いですよね。太陽が見られるということは、もしかしたら外に出られるのかしら。だけどこれはホテルの広告だもの。出られるなら初めからそう書くに決まっている。これ以上ない宣伝文句なのに書かないんだから、きっと出られないんでしょう。でも太陽が昇ると書いてある。どういう意味なんだろう？　外には出られなくっても、天井に大きな穴が空いていたりするのかしら。それに、どうしてホテルみたいな迷宮のなかでわざわざ別のホテルを経営しようとしているのかしら。ううん、どうだろうなあ、はっきり分からない点も多いけど、私は興味あります」

女は心配そうに尋ねた。

「じゃあ、言海ちゃんはこのホテルを目指して行っちゃうの？」

言海は慌《あわ》てて手を振った。

「いいえ、とんでもない。私は店で玩具の修理をしている時が一番幸せですから。気に入っている仕事をみすみす手放す筈ないじゃありませんか。昼と夜があるのは魅力的だと思います。けれど室内で玩具を弄《いじ》っている方がずっと素敵です。動物を残して旅になんて出られないし、暮らしに何か不満があるわけでもないから、私は玩具屋をやめません」

言海がいなくなり、憩いの場所である玩具屋が閉店したら困ると思っていたのであろう、女は俄《にわか》に安心した様子で言った。

「そうよね、私も少しは迷ったけれど、やっぱり行かないことにするわ。だって、まったく信じられないんですもの。言海ちゃんみたいに若くはないからね、嘘かも知れないけど、それでもとても面白そうだわ、なんて、余裕を持って考えられなくなっちゃった。ついついまた騙されるんじゃないかと身構えてしまう。期待しても結局ろくなことが起こらないんですもの。歩いても歩いても最後にはがっかりするだけ。そうよそうに決まってる。楽しげなポスターなんかに騙されるものですか。ああ、すっきりした。答えが出たという感じがする。

言海ちゃん、ありがとうね。これはもう要らない」

女はポスターと地図をくしゃくしゃに丸め、屑籠に放り込んだ。それから店内を見渡して言った。

「それより、私は動物はそのままの方が好きよ。なぜ翼なんて生やすようになったのかしら。勿論、言海ちゃんがしたいようにすればいい。でも、全部を変な格好にしちゃうのだけはやめてね。ここに立ってこうして動物を見ていると、何だか心が洗われるように感じるの。近くで暮らしている理由の一つだわ。だから、そうね、せめてあの小熊たちはあのままにしておいてくれない？　とっても可愛いんですもの。お願いだから、耳を付け替えたりしないでちょうだい」

言海は笑って曖昧に頷《うなず》くと、店から出ていく客を見送った。いつまで迷宮を漂泊する定めなのか分からぬ人にとって、この玩具屋に足を止めて玩具を眺めている時間は、確かに心の洗われるような時間なのだろう。ここを見つけたばかりの頃は言海も同じだった。彼女もブリキの獣を硝子越しに鑑賞するだけで満たされていた。しかし、今は違う。動物を眺めたり愛でたりするだけでなく、病を癒してやり、さらには新しい動物を生み出し、自分の生きる世界、幽閉されている世界を変えたいと願うようになっていた。架空の獣らの創造は生きる糧《かて》そのものだった。

2

言海の机の上では変わらず多くの生命が誕生し続けていた。彼女は玩具と玩具を接合し、不要な部位は容赦なく切断し、思いつくままに、だが微妙な直観に従って奇異な動物たちを生み落としていく。

螺子を巻いてやると、完成したばかりの、鹿の角を生やした虎が前進し始めた。初めはもっと落ち着きなく脚を動かしていたのだが、外見の精悍な印象と歩き方が調和していなかったため、撥条の力で動かせるぎりぎりの重さになるまで、体内に詰め物をしたのだった。その甲斐あって枝分かれする角を持つ虎は、天敵のいない己の強さに合った歩行の仕方、威風堂々たる動作を身につけられた。

そうした創造の行われている彼女の作業机には、スタンドライト、修繕用工具、文房具、マグカップなどが置かれていたが、その一隅を占めているのはあの夜に初老の女性が持ってきたポスターだった。言海は屑籠から拾って皺を伸ばし、いつでも手元に置いていたのである。女性の前ではそれほどポスターに魅惑されている様子を見せなかったが、文面は強い印象を残していた。実在する場所なのだとしたら、獣を放つには最良の土地であるかも知れない。

ポスターを横目に見ながら彼女は逡巡する。新しい身体を手に入れた動物たちが前と同じく棚に収まり、埃の積もるのを耐え忍んでいるのは残念に思われた。このままでは空しく錆びていくだけである。今こそ新天地を目指す時ではないかと、悩みは募るばかりだった。

出来上がり手を離れる瞬間を迎えた鹿と虎の合いの子を、言海は硝子棚に飾りにいった。二匹の蛙たち、毒々しいまでに濃い青緑色をした、撥条を巻くと飛び跳ねる仕組みの蛙と蛙の間隔を空け、そこに角ある虎を収めてやった。硝子戸を閉じてからも彼女はその架空の獣を眺め続けた。所詮ブリキの玩具であるため、見た目の重量感は充分にあれど盛り上がった筋肉は備わっておらず、茂みから飛び出してきて獲物の首元めがけて襲い掛かる瞬間は想像できない。肉体は全体として丸みを帯びており、緑色に塗り替えてしまえば蛙と変わらなくなるだろうし、蛙もまた黄色く染めて背中に虎柄を描くだけで変身できそうだった。しかし、それでも虎の開けている真赤な大口と、口内に並んでいる三角形の牙には迫力があり、肉食獣の誇りのようなものを感じさせた。生えてきた雄鹿の角のお蔭でこの動物はいっそう威厳を増しており、歩みを遅くするため身を重くしたのも含め、狙い通り言海の改造は功を奏したようである。

この見た目であれば忙しなく四肢をばたつかせるべきでなく、時間が掛かろうと堂々歩むべきだ。彼女は仕事に満足し、戸棚から離れた。そして椅子に掛けて机に向き直ると、またポスターを手に取った。色鉛筆やボールペンで描かれたホテルの挿絵を見つめ、行くか留まるか考える。

ホテルのなかにマトリョーシカの如くホテルが入っていること、それ自体は特別不思議なことではないように思えた。迷宮にはおかしな部屋が沢山あり、この玩具屋もそのうちの一つに過ぎない。彼女の好奇心を駆り立てたのは、そこには天地草木、日月星辰《じつげつせいしん》すらあるかのような物言いと、そんな大言壮語とは釣り合わない絵、凡そ人を騙そうとしているとは思えない位に子供染みた挿絵だった。そして極めつけは迷宮より優れた世界を造るという一節であり、その言葉を思い出す度、彼女はじっとしていられなくなった。

言海は螺子を巻かれた獣らが草原に溢れ出す様を想像した。晴天の下を馬たちが競うようにして駆けていき、獅子は木陰で休らいながらも辺り一帯を余す所なく睥睨《へいげい》している。幼い子にとっては鬣《たてがみ》があってこそ獅子であるため、ブリキの獅子には雄しかいない。その結果、自然界であれば、雌が多数を占めている群れに、雄は一頭から三頭ほどいるのが普通であるにも拘わらず、言海がいつか大地に放ちたいと思っている獅子、そして現在夢想において放たれた獅子たちは、雌を必要とせず雄だけで群れを成すことになる。狩りをするのも雄である。だがそれはそれで構わないと考え、言海はさらに想像を巡らせる。

獅子たちの縄張り近くでは、模造動物のみならず、彼女に創造された架空の動物までが我が物顔で徘徊しており、彼らは初めから自然界の模倣など放棄しているかのようだった。雄の獅子たちも、本能が至上命令として強いる繁殖行動には興味を持たず、雌に惹かれることもなく、あるいは雌なる種族の存在すら知らず、ただ撥条を巻かれては他の鳥獣を威嚇《いかく》するのみである。

雄獅子は威嚇だけは威厳たっぷりにしてみるものの、食欲など感じたこともなさそうであった。また、模造動物でさえなくなった架空の獣らは、進化の系統樹からも解き放たれており、物理法則に照らせば飛翔は諦めねばならない筈だが、言海に付けてもらった翼を誇示し、飛ぼうと思えば天までも舞い上がれると信じているかの如く、凛として空を見上げている。言海は夢想のさなか、雄鹿の角を接合した虎の玩具にも翼を生やしてみたらどうかと考える。先程完成したばかりの鹿と虎から生まれた肉食獣が、宙を自在に飛び廻っている姿を見たくなったのである。無論ブリキの翼で飛べるわけがなく、彼女の想像力は些か高くまで飛び過ぎたらしい。

途方もない空想を切り上げると、今度は実現し得る光景に思いを馳せる。ホテル周辺に広がっている草原に自分の手で玩具を丁寧に配置していくのである。獣たちも飾り棚に放置されるより草の上に置かれ、太陽の光に照らされて日中を過ごし、夜は星空の下で眠り、そうして錆びていく方が幸せなのではないか。模造の動物は模造の動物のまま、架空の動物は架空の動物のまま、自然界の動物に無理に自らを似せようとせず、伸び伸び生きてくれるなら望外の歓《よろこ》びだった。

ポスターを手にして白日夢に耽っていた言海は、数多の獣を楽園に移住させ、自分もそこで玩具屋として働けたらと思うようになった。どこまで絵と文面の通りなのか不明だが、ホテルに足を運ぶ価値は間違いなくあった。

店に籠るか青空を仰ぎに出かけるか、どちらにするか迷っていた言海であるが、この日ついに、幾百といる動物の一部、それから工具一式を持って、玩具屋を移転しようと決めた。

3

荷造りは着々と進んでいった。言海の玩具は、連れていく動物と惜しいが残していかねばならない動物とに選り分けられ、運良く移住の権利、伴侶としての資格を得た者たちは、大型スーツケースのなかに我先にと飛び込んだ。

彼らが真に生きた動物であれば、新しい土地でも種を絶やさぬよう、雌雄を同数に、または雌を多く選ぶべきだが、子孫繁栄を目的としない贋の動物であるため、その点に気を配る必要はなかった。言海は製作時に湧いてきた愛着などに応じて、棚に収まり愛嬌を振り撒《ま》いている獣らを選別した。

高さが腰まである大きなスーツケースと、一回り小振りのスーツケース、二つの旅行鞄を持って引っ越す予定だった。大きな方には気に入っている動物を詰め、小さな方には仕事道具と各種部品を、やはりぎゅう詰めにしていった。

問題は、巨大で重量のあるスーツケースを二個も引いて、ホテルまでの気も遠くなるような旅路を踏破しなければならないことだった。ポスターに付いていた地図は全部で六枚の紙から成り、読み易いとは言えない様相を呈している。細密に描かれているかと思えば、ある範囲に至ると途端に空白が多くなったりする。おそらく周囲の扉が一つも開かず、何ら描き込むべき対象を見つけられなかったのだろう。その場の情景を思い描きながら人差し指で経路を辿っていても、ふとした瞬間、それまでは見えていた筈の世界がするりと消え失せてしまう。また独特の記号も散見され、裏に地図記号の一覧表が記載されてはいるものの、固より地図そのものが錯雑としている所為もあり、細々とした記号を記憶するのは勿論、地図を一々裏返して確認するのも煩わしかった。

しかし、言海は新しい生活に向けて準備を整える。自分の生み落とした動物たちや、世話してきた動物たちが太陽の下で命を謳歌している光景は、想像するだけで魅力的であった。たとえそれがプラスチックの心臓、および鋼板と錫《すず》メッキの皮膚から作られた命であるとしても、その光景が実現する瞬間に憧れていた。

目的地に着いてからも改造の仕事をする余地を残しておくため、普通の動物も多めに持っていく必要があった。大きい方のスーツケースに架空の動物とそうでない動物を詰めつつ、より多くの玩具を収納できるよう幾度も詰め方を変えてみた。がむしゃらに多く詰めればいいというわけではなく、運んでいる最中に傷がついてはならないし、あまり重くなり過ぎてスーツケースの車輪が破損するのも避けねばならない。

灰色の鼠《ねずみ》と緑の蛙を、丸石を並べるようにしてスーツケースの底に敷き詰める。その上に、それらとは違って身体に幾らか凹凸のある動物たちを、隙間を見つけて嵌め込んでいく。鼠と蛙の間に、飛び出している耳、角、ひれなどを滑り込ませるのである。半田付けによって合成された架空の獣は肉体が脆弱であるため、細かく神経を使って収納場所を探してやった。

作業を進めながら、言海は、連れていきたい動物は沢山いるのにごく僅かしか運べないのを歯痒《はがゆ》く思った。過酷な長旅だが帰還は不可能ではない。もし戻ってこられたら、スーツケースに一度目の旅では持っていけなかった獣を詰め、再びホテルを目指せばいい。しかしここは仮にも無限の迷宮と呼ばれる空間なのだから、必ずしも同じ場所に戻れるとは限らない。荷造りの機会は最後となるかも知れない。

言海は泣く泣く思い出の品を棚に戻し、いつかまた会おうねと心のなかで呟いてから、開かれたスーツケースの傍に座り込む。足を崩して胡坐《あぐら》をかき、作り立ての玩具、鹿の角を生やした虎を弄《もてあそ》ぶ。右手から左手へ、左手から右手へ移し、これは角を外してから仕舞い、向こうで付け直した方がいいのではないかと思案する。そして彼女は考える。本当は奴隷船のようにスーツケースで引っ張っていくのではなく、動物が自身の脚でついてくるのが一番なのだと。だが、そうなれば彼らは血の通う本物の肉体を手に入れなければならなくなるし、自分は玩具屋を廃業して獣医とならねばならない。玩具屋なら新しい玩具を作れるが、獣医は自ら獣を生み落とせはしない。自分の天職、自由以外に何もない不毛の只中にいながらも日々を輝かせてくれる天職に感謝していた言海は、これからも玩具屋であり続けるべきだし、獣たちもブリキの光を放ち続けるべきなのだと考える。

　彼女は虎から鹿の角を取り上げはせず、どうにか収まりのいい場所を見つけ、そこに仕舞い込んだ。瞬間、目頭が熱くなった。置いていく獣との別れや孤独な旅について考えた。虎が一緒に泣いてくれたらどれだけ慰められるだろう。そう思わずにはいられなかった。

D　別天地を目指して

1

満を持して言海は旅に出た。ドアノブには移転する旨を書いたプレートを下げ、作業机を寄せてある壁には苦労して描き写したホテルまでの地図を貼っておいた。そして机には反古紙の束を積み、新店舗に足を運びたいと思った客がそこで地図を写せるように計らった。

店内には多くの玩具が残されたが、当然、誰かが代わりに店長を務めてくれてもよかった。新しく生み出した架空の動物でさえ初めから用意されていた材料を合成して創造したものに過ぎない以上、店舗そのものや陳列棚、および玩具に関して、彼女に所有権を主張できる筈がなかった。

工具と玩具の一杯に詰められた二個のスーツケースは、金属の塊と言っても過言でなく、押して歩くのは至難の業であった。車輪は絨緞の上で思うように廻ってくれず、言海は地図で現在地を確かめるのが怖くなってしまった。何度確認しようと殆んど前進していないからである。しかし地図は頻繁に見なければならない。道を見失えば目的地への到達は勿論、玩具屋への帰還も叶わなくなる。結果、彼女は店を持たない玩具売り、流浪し続ける行商人となるのである。

左手で小さな方を押し、右手で大きな方を押し、二個のスーツケースが別々の方向に進まぬよう、双方を抱き込むようにして、常に中央に寄せつつ歩く。天井の照明と足元灯の光はどこまでも続いており、突き当たりなどは一向に現れない。これまで迷宮を歩いていて廊下の終わりを眼にしたことはなかったし、地図を隅々まで見ても、どの廊下にも終端は描かれていない。廊下は地図の上で不意に途切れ、空白と一体となり姿を隠してしまう。有限の紙面には描き切れないため、どこかで気紛れに消しておく外ないのである。地図でなく現地であれば、言海の眼にそう映るように、廊下は暗がりの彼方へ消えている。闇のなかでも延長を続けているのだろうが、彼女には見通せない。

地図上では然程《さほど》進んでいなくとも、後ろを振り返ってみると、すでに店がどの辺りにあったのか見当もつかなくなっている。自己主張をしない無数の扉、完全に同じ外観の扉たちが言海を幻惑しようとしていた。熟考して連れていく獣を選んだからには、簡単に挫けるわけにいかない。彼女は再び前を見る。だが後方と少しも異ならぬ光景が広がっているばかりである。仮にこの場で二三度廻転してみたら、前後はいとも容易《たやす》く有耶無耶《うやむや》となり、どちらから来たのか、どちらに向かって歩くべきなのか、忽ち分からなくなりそうだった。二度と振り返るまいと誓い、スーツケースを押し始める。

しかし、一歩一歩と押していくうちに猜疑の念は膨《ふく》れ上がり、次々と問いの形を成して意識の表面に浮かんでくる。ごく単調な眺め、軋《きし》みを上げて廻転する車輪の音、荷物のなかで玩具と工具の衝突し合う音、それからスニーカーで踏み締める絨緞の感触など、時間が幾ら経過しようと代わり映えのしない外からの刺激に慣れてくると、彼女の頭はぼんやりしてきて、自ら提出する問いと答えによって埋め尽くされていく。自問自答に熱中するあまり、あらゆる事実、あらゆる記憶に疑いを抱くようになり、スーツケースを押していることすら自明と感じられなくなってくる。

彼女は問いかける。私、ここで何をしているのかしら。すぐに答えを提出する。スーツケースを押しているの。それじゃあ何のために押しているのかしら。動物をホテルに運ぶため。肝腎《かんじん》の動物たちはどこにいるの。スーツケースのなかに決まってるでしょう。それは本物の動物たちなの？　本物の動物じゃなくて玩具の動物だけれど、私はとても気に入っている。そんなに苦労して運んで、どうしたいの？　楽しい思いをさせてあげたくて。本当にそう願っているのかしら。とにかく重いし、迷いもあるにはある。でも、ええ、心の底から願っていますとも。

言海は考えを巡らせ続ける。このように自問自答している時、本当に自分で自分に問いかけているのだろうか。問いは自分の内から自然に、まるで水が湧くように渾渾と生まれてくるのだろうか。それとも何者かにどこからか訊問されているのだろうか。問いは外から飛んでくるのだろうか。内や外という言葉で具体的には何を語っているのだろうか。自分があやふやになる。そもそも自分で自分を知っているとはどのような状態なのだろうか？　心に浮かぶ疑問文をすべて口に出してみて、廊下の奥から返ってくる谺に正解を乞いたい位だった。こうして運んでいるのは、本当は玩具じゃなくて岩や石なのではないか。玩具が岩石と入れ替わっていないと断言できるだろうか。そろそろ地べたに座り込み、スーツケースを開くべき時ではないか。荷造りを終えた後、たった一晩のうちに掏《す》り替わってしまったのかも知れない。玩具ではなく石ころが詰まっているのだとしたら、私はここで何をしているのか。

「私、何してるのかしら？」

小声で呟くと、言海は大きな方のスーツケースを寝かせ、自分も傍に座り、ぱかりと開いてみた。こんな時には玩具を眺めるのが一番だった。出発の前に隙間なく詰めたにも拘わらず、中身はすっかり下に寄っており、本来なら温厚な動物同士が容赦なく肉体をぶつけ合っている。

スーツケース内部の生態系は乱れていたものの、幸いにも破損した玩具は一つも見られなかった。言海は蛙の玩具を手に取ると、撥条を巻いて絨緞の上に置いた。蛙はその場で三度も宙返りをしてみせ、四度目に転げてしまった。言海は元気よく跳ねてくれた光沢ある青緑の蛙、絨緞に映える蒼玉のような蛙を握り締め、岩にも石にも変化せず、それどころか蛙であるのに体色すら変えず、元の姿のままでいてくれたことに感謝し、再度スーツケースに収めた。

つい先程までは問いに埋もれていたが、蛙の撥条を巻いただけで言海の気持ちは晴れてしまった。幾多の問いと答えが群れを成し心を覆おうとしても、動物たちが励ましてくれる限り、別天地への意志は挫けそうにない。

2

大きい方のスーツケースの把手《とって》を握り、力を込めてぐいと持ち上げる。そのまま段を上っていく。まだ十段も上っていないというのに早くも腕が痺《しび》れてくる。両腕で持ってしまうと後ろに倒れそうになるため、言海は片腕で荷物を運んでいる。限界が近づくと荷物を置き、利き腕である右手から痺れの治まっている左手に持ち替える。

螺旋階段は苦行の場と化していた。平坦な廊下をスーツケースを押したり引いたりして歩くのも大変だったが、それでも階段の過酷さには遠く及ばない。押せも引けもせず持ち上げるしかなく、上昇するにせよ下降するにせよ、把手を握って両の足で踏ん張り、一段一段を踏み外さないように歩く必要がある。華奢《きゃしゃ》な言海には骨の折れる運動であった。

おまけにスーツケースは二個ある。彼女は息を止めて何とか十五段ほど上ると、そこに荷を下ろし、深呼吸をして、今度は何も持たずに下っていく。それからもう一個のスーツケース、工具や部品を中心に詰めてある小さい方を持ち上げ、再び上り始める。何度も把手を握り直し、何度も左右に持ち替えて、大きい方を置いた地点まで必死に上り切る。大きいスーツケースを置いてある段の一段下に小さい方を下ろすと、またぜいぜいと息をする。次は大きい方をさらに上まで運ばなければならない。

言海は小さい方を置いた段の一段下、大きい方を置いた段の二段下に座り、肩で息をしながら地図を広げる。ホテルとの距離は縮んでいない。螺旋階段での運動は平面の地図には反映されないのである。

地図はノートを縦に二枚、横に三枚、計六枚を貼り合わせて作られていた。左上の一枚には宣伝しているホテルが、右下の一枚にはポスターの貼られていた玩具屋の近辺が記されている。玩具屋自体は描き込まれていないが、言海の足繁く通った喫茶店が記されていたため、そこを目印にして旅を始めたのだった。ただし、玩具屋の近くまで丁寧に描かれているとは言っても、地図の縮尺は非常に小さく、右下の紙一枚にすら広大な範囲が重層的に収められている。言海は何度も空いている客室で寝泊まりを繰り返しており、旅に出てから随分時が経っているように思われたが、未だにその紙片からも出られていなかった。

螺旋階段は廊下よりいっそう暗い。言海は段に腰を掛け、漫然と上を眺めていたが、眼差しを渦《うず》に呑まれそうになり思わず眼を背けた。それから手のひらを見た。所々に肉刺《まめ》ができている。左右の手を擦り合わせるとじっとり汗をかいているのが分かる。自分はどこまで上れば、またはどこまで下れば、ポスターの謳うホテルに辿り着けるのか。廊下を歩いていた時には抑えられていた不安が、階段の中腹でまたも鎌首をもたげ始めていた。

地図上では各螺旋階段に廻るべき廻転数が記されており、まだまだ上や下へと続いている場合でも、その廻転数に達したら近くの扉を開くよう指示されている。例えば上へ伸びる螺旋階段の傍に十一と書き込まれていた場合、十一廻転するとそこで階段が終わるか、あるいは階段は尚も続いているのだが、すでに開くべき扉の前に立っていることになる。迷宮の螺旋階段はだいたい十五段で一廻りするように設計されているので、十一廻転であれば百六十五段ほど上ればいい。

だが、二つの荷物を運ぶ言海にはそれでは済まなかった。彼女は上り下りを反復するため、通常の三倍もの運動量を強いられるのである。それは途轍《とてつ》もない重労働であり、螺旋階段を歩いている最中には、実行することはないものの、荷を蹴落とす瞬間さえ想像してしまうのであった。

言海は重い腰を上げた。立ち眩みに襲われつつ地図を畳み、ズボンのポケットに仕舞い込む。廊下を歩いている時ならともかく、階段ではどうしても弱気になってしまう。獣に癒しを求めたかったが、スーツケースを寝かせて開く余地はなかったし、疲弊する度に眺めていたら切りがない。

この痛みもいつかは報われるのだろうか。本当にそこにはホテルがあり、青空が晴れ渡っているのだろうか。ホテルがあったとしても、万一ポスターが悪戯《いたずら》に過ぎず、もぬけの殻であったらどうするか。容易には断てぬ迷いが引っ切りなしに浮かんでくる。気力を渦中へ引き摺り込もうとする螺旋階段を、石とも獣とも判然としない荷物を携え、それでも喘ぎ喘ぎ上り始める。

3

いつとも知れぬ夜ならぬ夜、歩くのに疲れ、眠りを求めてドアノブを捻ると、客室は寛大に言海を迎え入れた。今日と明日の間に境はなく、疲れるまで歩き、癒えるまで眠り、また精根尽きるまで歩く。ただこれだけのことを繰り返す。

扉近くのスイッチを押して照明を点け、スーツケースを一個ずつ奥に運ぶ。それからベッドに腰を下ろす。この部屋で眠るのは自分が初めてなのだろうか。ベッドメイクがされており、室内は清潔そのものだった。

すぐにでも眠ってしまいたいほど疲れていたが、横たわりはせず、言海はベッドに掛けたまま地図を眺め始めた。ベッド脇の机にあったボールペンを使い、宿泊場所に選んだ部屋、今まさに地図を広げている部屋の位置を記入する。筋肉痛を抱えながらも廊下を歩き続け、幾度も螺旋階段を上り下りした甲斐あって、ついに右下の紙から抜け出せた。一枚の地図を成している六枚のノートのうち、出発地点だった右下の紙片の示す範囲を通過し、言海はその左隣の紙片へ、全体から見れば中央下の紙片へと足を踏み入れたのである。

それでもまだまだ道は遠い。地図を放り出して横になった。人差し指で瞳を擦り、涙の流れるままにした。薄暗い廊下や螺旋階段で地図と睨《にら》めっこをしていた所為で、四肢の筋肉だけでなく眼にも疲労が溜まっており、右眼の上瞼は断続的に痙攣《けいれん》していた。

言海はベッドに仰向けになり、痙攣する瞼を人差し指で押さえて深呼吸をする。眠る前にシャワーを浴びるつもりだったので照明は点け放しにしておいた。だが深呼吸をする毎に意識は明瞭さを失っていく。眠りの漣《さざなみ》に揺すられて思考は角砂糖の如く輪郭を崩し、跡形もなく消えてしまおうとする。彼女は眠りに落ちる直前にあり、落下に備え、布団の上で体勢を整えてさえいたのである。

まだ眠りたくないのになあと考える。髪は少し脂っぽくなっており、後回しにはせず今夜のうちに洗いたかった。頭皮も痒く感じられ、何度となく身を起こそうとした。しかしそれでも起き上がれない。運動神経だけが眠りこけてしまったのか、意識を残しつつ身体は石となり布団に沈んでいく一方だった。いつの間にか思索の中心軸は引き抜かれ、洗髪したいという思いも昔のものとなっていた。

横たわる身体が眠りに浸され明晰な思考もろとも溶けていくと、朧《おぼろ》な想念は堰を切ったかのように溢れ出す。覚醒時には人の夢想は硝子鉢のなかで揺れている程度だが、ひとたび身体が眠りを受け入れるや否や、硝子鉢の水は嵩《かさ》を増して溢れ、辺りは瞬く間に海と化してしまう。少し前まで胸の前に金魚鉢を抱えていたにも拘わらず、気づけば嵐の海原に放り出されており、頼りない小舟で航海するのを余儀なくされているのである。眠りに落ちるなり人は文字通り自分の夢想に溺れることになる。

言海はベッドの上で夢の高波に呑まれ、現実の自分より一足先に、目指しているホテルに辿り着いていた。ホテルのなかに聳えるホテル、その近辺に彼女は動物を放っていく。スーツケースから派手な色彩の玩具が駆け出したかと思うと、ブリキ製でない生身の獣たちも同様に飛び出していく。憎らしいが甘え上手といった顔つきの猿が、どうして荷物に収まっていたのか分からぬ巨大な象が、滑《ぬめ》りのある身体を妖《あや》しく光らせながら這う蛇が、玩具たちを押しのけるようにして一目散に縄張りを確保しようとする。連れてきた覚えのない生きた動物が、あるいはまったく拵《こしら》えた覚えのない架空の動物が、後から後から溢れ出す。そして動物の姿に見蕩《みと》れているうちに、眼前にあった筈のホテルは消えてしまい、言海は見渡す限りの草原に立っていた。ホテルどころか玩具の動物までが姿を消しており、辺りを我が物顔で闊歩《かっぽ》しているのは螺子巻きを露出させていない生身の動物ばかりだった。彼女は知らず識らず外へ出てしまったのである。

　夢から醒めてもすぐには現実を受け入れられず、ホテルを目指す旅はもう終えたものとばかり思っていた。迷宮での旅どころか、迷宮から脱出する旅すら終えてしまったのである。すでに夢からは追い出され、ベッドに身を横たえているというのに、言海は未だ草原に臥《ふ》せっているかのように感じていたし、電灯の光に照らされているだけだというのに、天から日の光と鳥の声が注いでいるように感じていた。頬を押し返す枕の感触が現実味を増してきた時、彼女は漸く、迷宮の一室で眠っていたのだと気がついた。

数分前まで身を置いていた風景を思い浮かべると、玩具ではない野生動物たちに囲まれていた自分がおかしくてたまらなかった。本当はブリキの玩具よりも生きた動物と戯れたいのだろうか。布団のなかで身体をもぞもぞ動かしつつ、言海は先の夢がどこまで内心の欲を写し取っているのか知りたく思った。

夢の光景は実現の不可能な光景であり、醒めている限りは二度と見られない光景だった。模造の動物を真の動物に作り替えるのでなく、模造品のままで生き生きとさせなければならない。彼女は初心に返り途方もない空想を戒める一方で、夢に見た大草原とまではいかなくとも、目指しているホテル周辺に、ポスターに描かれていた程度の緑があるよう願った。

4

地図を指先でなぞるだけなら僅か数秒で終わる旅も、実際に歩けば数えられないほどの夜を越えて歩き続けることになる。疲れのあまり耐えられなくなると手近な客室に入って眠り、レストランを発見すればお腹一杯食べておく。言海はそうして旅していたのだが、ある日、ホテルに続く螺旋階段へ辿り着いた。

いつでも終わりを望んでいたとは言え、まさか本当に訪れようとは思っていなかった。地図を確認する度に歩みの遅さに失望し、道の長さに眼も眩むような思いを味わうばかりだった。右下の紙片から左隣に移り、そこから真上の紙片へ、最後にはその左、六枚のうち最も左上にある紙片へと移った。そして今は目的地を目前にしている。この階段さえ上り切れば、旅の労苦は報われ、動物たちも漸くその脚で大地を踏み締められる。

確かにこれが最後の階段であるに違いない。言海は地図を見、旅が終わろうとしている事実を受け止めようとした。初めは読み取り辛かった地図も、何度も眼差しを走らせた今ではすっかり見慣れたものとなり、どんな経路を通って自分は現在地に至ったのか、立ち所に判読できるようになっていた。もし地図が終わりまで精確に描かれているなら、やはり目的地の一歩手前まで来ているのだ。夢想を膨らませながら歩いてきた分、見るのを恐れてもいた。ホテルが実在するとしても、期待にそぐわぬありふれた代物であるかも知れない。

固い肉刺のできた手でスーツケースの把手を握り、言海は上っていく。ブリキの獣はがちゃがちゃと音を立てており、外に溢れ出そうとしているかのようだった。とうとう夢が現実になろうとしている。新しい生活への期待を抱き、そしてその期待を裏切られる瞬間に怯《おび》えながら、上を目指して歩く。出発したばかりの頃より脹《ふく》ら脛《はぎ》が張っているのが分かる。不安と戦い続けるなかで、疲弊しつつも夢を養い続けるなかで、彼女の心身は少しずつ変容を遂げたのである。

苦労の末に一廻転分だけ上ると、大きい方のスーツケースを下ろし、階段を下りて小さい方を取りにいった。小さい方を大きい方の近くに下ろしてから、次は大きい方をさらに上に運ぶ。いつもの手順を繰り返し、螺旋階段と次第に石の如く重くなってくる荷物を相手取り、彼女は最後の戦いに臨んでいた。

やがて上から微かな灯りが洩れてきた。頭上に輝きを認めた時、言海はすぐにでもスーツケースを開き、翼の生えた連中を飛び立たせてやりたくなった。階段を上り終えた先には両開きの扉があった。途中で見て、それに縋るようにして段を上ってきた光は、この扉の向こうから届いていたのであった。荷物を二つとも壁に寄せて開き戸と向かい合う。痺れている腕に力を込め、これを押し開きさえすれば、長きに亘《わた》る旅も終わりとなる。

開く勇気はなかなか湧いてこなかった。問いばかり立て、答えの提出できない自問自答を続けたので、躊躇する理由は切りもなく増えていった。覚悟を決めて扉に腕を伸ばそうとしては、また下ろしてしまい、直立不動の姿勢に戻る。近づいて隙間から覗こうとしては、三歩と進まないうちに元の位置まで戻ってくる。ポスターに並んでいた文言を今になって疑い、正しかったからこそここまで来られた筈の地図をも疑い、金縛りに遭ったかの如く動けなくなってしまった。

進退窮まってその場に屈み込んだ。悲観的な思いに蝕まれそうになった時にはいつでもそうしてきたように、動物たちの姿を眺めることにした。スーツケースを寝かせ、左右二箇所にあるサイドロックを解錠し、均衡を崩さぬよう慎重に開いてみる。

動物は皆宝石のようだった。接合が甘かった所為か、架空の獣らのなかには翼や角、ひれなどが取れてしまっている個体も散見された。それに対して、改造の施されていない玩具には殊更目立った破損は見られなかった。スーツケースの内部で衝突を繰り返した結果、僅かに塗装が剝がれている程度である。工具を持参しているので負傷者にも再び溶接や半田付けをしてやればよかった。旅の過程を振り返れば、この位の損傷で済んだのは僥倖《ぎょうこう》の至りと見るべきである。

小鳥の玩具を手に取り、撥条を何度か巻き、その場で羽撃《はばた》かせてみた時、すでに言海は癒えていた。自分でも不思議なほど速やかに靄《もや》は晴れ、胸は安堵に満たされていった。

羽撃くのをやめて静かになると、言海は小鳥を仕舞い込んだ。それからスーツケースを起こし、動物のため最後の扉を押そうと決めた。

V　全盛期の情景

1

豆電球から投光器に切り替わり天井に青空の出現する頃、光は言海と連れ立ってホテルの外へ出ていく。

星空と快晴の空が瞬時に交替するように、完全な静止状態にあった玩具たちも、光と言海に撥条を巻かれると、寝起きの物憂さなど微塵《みじん》も感じていないかのようにすぐさま運動を開始する。

朝が来る度に言海と辺りを散歩し、動物たちを起こしてやることは、光に大きな喜びをもたらしていた。これこそ求めていた暮らし、実現させたかった世界であった。朝の訪れとともに模造の植物は光合成に取りかかり、動物は眼を醒まし、銘々生のなかへ飛び込んでいく。夜行性の者は昼行性の者に世界を譲って微睡《まどろ》みに沈む。昼は太陽に、夜は星々に見守られ、人も獣も己を恥じることなく命を謳歌する。

屈み込んで犬に触れている言海に、光は言った。

「きみのお蔭で何もかも見違えた」

「私の方こそこのホテルに来られてよかった。あのポスターを見ていなかったら、今頃まだ薄暗い部屋に閉じ籠っていた筈だもの。玩具を弄るのは楽しいけど、棚に飾って埃を被せておくよりこうして自由にさせてあげた方が、この子たちも嬉しいいんじゃないかしら」

そう言って言海が螺子を巻くと、耳の垂れた犬は芝の上を歩き始める。

「客室も埋まってきているし、周囲もこんなに賑《にぎ》やかになった。きみの作った玩具を見る時、子供たちがどれだけ眼を輝かせているか知ってるかい。もう誰も迷宮に帰ろうなんて考えなくなったんだ。必要なものはすべてここにある。そう言っても嘘にならない位に環境が良くなったからね。ありがとう」

「玩具を作ってるだけだから、そう何度も言わなくていいったら」

「その玩具が素晴らしいんじゃないか。子供だけじゃなくて、大人だって救われているんだ」

光は腰ほどの高さの木に留まる鳥を手に取った。そして脇腹の螺子をきりきりと巻き、芝生に下ろしてやった。陽光を浴びて羽撃く金の肉体は力に満ち、今にも鳴き出しそうに見えた。鳥が枝で眠っていた樹木は、不妄念と不戯論を連れて歩いた時に見つけた人工観葉植物だった。楽園の完成しつつある現在でも、時には物資を調達すべく出かけていかねばならず、そのことだけが頭を悩ませていた。

「それにしても、こんなにぴったり合う植物、よく見つけてきたね。巣作りのために鳥が自分で選んだみたい」

言海は観葉植物の枝葉に触れて感触を確かめていた。光はその様子を眺めていたが、やがて視線を遠くに走らせる。

　人工芝の広がっている光景は言海が来る以前と同様だが、光、不戯論、不妄念の集めてくる人工観葉植物が至る所に散在しており、動物たちの住環境は申し分なく整えられていた。言海の持ち込んだブリキ製の玩具が刺激となり、世界はそれらを中心として形成され始めたのであった。

　鳥の棲息域には樹木が設置され、水棲の動物、例えば魚類全般、爬虫類であれば鰐《わに》、哺乳類であれば河馬などが縄張りとする場には、河川の立体模型が設置されている。水場近くにはそうした動物だけでなく、鯨のひれを移植された虎など架空の動物たちも集まっており、躍然とした光景を見せていた。とは言っても川の模型は精巧な作物と評するには程遠く、S字形に切ったボール紙を青く塗っているに過ぎない。凝らしてある工夫としては、水面の揺れを再現するために波立つ水色の紙粘土を貼りつけてある位であり、改善の余地は幾らでもあった。しかし肝腎なのは、その模型を製作したのが言海でも光でもないという点だった。拙《つたな》い手つきではあったものの、修禅定と楽寂静が調理場の仕事の合間を縫《ぬ》って、誰に指図されるでもなく、自ら進んで水の流れを生み出したのである。

言海がホテル周辺に配置した獣を触媒として、皆の個性が開花し、固有の果実を実らせていくとは予想だにしていなかった。光のホテルに雇われ、新しい名前までつけられた従業員、大白蓮華、大紅蓮華、白蓮華、紅蓮華、少欲、知足、楽寂静、勤精進、修禅定、修智慧、不妄念、不戯論たちは、今では通常業務の範囲を超えて空間造形にまで参加するようになっていた。これは誠に嬉しい誤算だった。それまでは用意された職務のみを忠実にこなしていた彼ら彼女らが、均質にできた個体として振る舞うのをやめ、それぞれの判断に従って生きるようになったのである。いつの日か客もこうなってくれたなら、このホテルが迷宮と絶縁し、一つの完結した世界となり、燦然《さんぜん》と輝くのは時間の問題であるように思われた。

ボール紙で作られた川を指差して光は言った。

「きみが来る前、ここに公園を拵えようかという話はあったんだけど、まさか川ができるとは。今後どう変わっていくのか楽しみだ。そうだなあ、いっそホテルから水を引いてきて、遣り水にしてみるのはどうだろう。実際に水を流したら涼しげになるんじゃないか」

言海も緑地に流れる川を見つめながら言った。

「それなら岸には植物のミニチュアを置きたいな。ミニチュアは料理人の皆さんに頼んで、私は水辺で暮らす生き物を作らなくちゃ。魚や水澄《みずすまし》なんかをね。天道虫を黒く塗ったら水澄みたいになりそうじゃない？　でも遣り水を拵えるってことは、動物は本物の水に濡れちゃうってことよね。ブリキの防水加工ってどうすればいいのかな」

今後の計画について語りつつ、二人は各所の獣を揺すり起こし、朝の日課である散歩を続けた。模造の天の下、模造の動植物および山河に囲まれ、光は時に言海の手を取り穏やかな心持ちで歩く。

2

光と言海は十階にあるツインルームで一緒に暮らしていた。ホテルに着いた言海は模造の動物に相応しい模造の天地を見て喜び、光も、この世界に欠けていた動物たちと巡り会えたのを嬉しく思った。意気投合した二人は最上階に居を構え、窓から下を眺めては、あれこれ話し合い、足りないものを付け加え、不要なものを削るための計画を練るようになった。

夕刻になると強烈な白光を照射する投光器から、柔らかい橙色の光によって黄昏を作る常夜灯に切り替わり、夜になると幾百もの豆電球たちにバトンが渡り、即席の星空が出来上がるこの場所に、言海は心酔していた。ここはまるで自分のために用意されていたかのようであり、危険を承知で宣伝に来てくれた光には感謝してもし切れない位だと語っていた。そして光も同じ理由から言海に感謝していた。彼女が危険を冒して持ってきてくれた動物は、この世界を彩り豊かで活気に満ちた場とするために作られたとしか思えず、これなしでは新しい世界の創造は不可能であるとまで考えるようになった。

玩具を作ること、自らの手から命を生み出すことに素朴な愉《たの》しみを覚えていた言海にとって、光の抱いている迷宮の設計者への対抗心、無限に対する恐怖、さらには生活の場を丸ごと変容させ、何が何でも新たな世界を打ち立てようとする過度の執着には、共感の寄せ難い所もあるようだった。彼女はあくまで両手に収まる小品を作るのに拘っていたのである。片手に載るほど小さい我が子にありったけの愛情を注ぐ時間、そこに彼女は特別な価値を見出していた。言海は外敵や寒風から卵を守り、羽の下で根気よく温め続け、漸く孵化《ふか》させる親鳥のように、個々の玩具に温もりを伝え、一生懸命に手入れを行うのであった。

それに対して光のしている仕事は大事業の推進と言えるものであり、素朴な手の温もりとは縁遠い営みだった。一つの空間全体を反転させねばならず、自分を幽閉し、あまつさえ監視すらしているかも知れない設計者から、こちらの運命が事細かに記された一冊の寓話を取り上げ、頁を繰り、一言一句を書き直さねば気が済まなかった。そのためには多くの従業員たちを動かし、幸福な偶然であれば受け入れるにせよ、計画に狂いが生じていないか絶えず確認する必要がある。

言海から刺激を受けて、四人の老婆、六人の調理師、二人の酒場の主人までが、玩具の修理を手伝ったり、ジオラマの製作に取りかかったりし始めた現在、光はそうした創造から最も離れた地点に立っていた。支配人の地位には一等の観覧席から眺めるのは許されているが、作品を生み出す歓びは許されていない。両手は汚れていかないし身体はろくに汗をかかない。光は日々思案するのだった。ひょっとすると、設計者は無限の労働者を雇い、迷宮を造ろうとしたのではないか。そしてその作業は今でも続いているのではないか。もしそうだとすれば、彼または彼女も、自らの作品であるにも拘わらず建築には参加できないホテルを眺め、似たような寂しさを味わっているのかも知れない。

このように思索を巡らせ、無限の迷宮の設計者にホテルの支配人となった自分の境遇を重ねている時、疑いなく光は一つの世界の設計者となっていた。寄る辺なく彷徨していた頃に味わっていたものとは些か異なる孤独、誰に共感を寄せられることもない孤独の只中に座り込んでいたのである。ベッドに掛けて言海の作業を見守っているこの瞬間も、光は迷宮の設計者と相対し、敵ではあるにせよ互いの憂いを理解できる者として語らっている如く感じていた。

窓の外はすっかり夜だった。作業机で玩具を作っている言海の背中を眺め、光は彼女の仕事を羨《うらや》ましく思っていた。計画全体を統御しているのは依然として彼なのだが、創造の過程に身を携えて参入できないという事実は、時折、特に今のような静かな夜には、一入《ひとしお》もどかしさを感じさせた。

彼はベッドの上で独り言のように呟いた。

「どんな動物が生まれるのかな」

小声で呟いたため、言海には届いていないようだった。返事を期待せずに呟いた光は、同じ言葉を二度は繰り返さず後ろ姿を見つめ続ける。

金属と金属の触れ合う音が響いていた。半田付けが始められ、部屋に匂いが立ち籠めた。言海の代わりに窓辺に行って換気をする。隙間から外に首を伸ばして星を見上げる。今では豆電球の形作る星座までも読み取れるようになっていた。随所に簡略化された獣、直線によって構成される獣が息づいている。

時を隔てて届いたかのように、言海が先の言葉に答えた。

「今作ってるのは一角獣だよ。針金を捻り合わせて角を用意したの。上手くつくか分からないけど、ひとまず良い感じ」

光は星座を眺め、言海の言葉を聞きながら、このまま天にも地にも動物が溢れ、ますます辺りを密に埋め尽くしてくれるようにと願った。創作欲旺盛な言海に産を任せ、自分は自分の仕事、全体を高みから見渡し、不足を補い、過剰を除き、世界を丹念に構成する仕事に専心せねばならない。迷いを頭から閉め出して、一角獣を見るべく窓辺を離れた。

3

深夜、宿泊客が寝静まり、大方の業務に片がつくと、従業員たちは暗闇を闊《かっ》歩《ぽ》し始める。一日の仕事を終えて眠りに就くのではなく、ここからが正念場だと言わんばかりに眼を輝かせ、あちこちうろつき廻るのである。ホテルの灯りと星の光だけでは覚束ないため、客室に備えつけられている懐中電灯を持ち、世界に瑕《きず》がないか探りながら歩く。

この夜も言海は部屋に籠もり、玩具の修繕と改造に明け暮れていた。獣のために大地の立体模型を作るのは主として男たちの仕事であり、言海の助手は老婆たちが務めていた。光の指示を参考に、少欲、知足、楽寂静、勤精進、修禅定、修智慧、不妄念、不戯論が大地に手を加え、言海の傍らでは大白蓮華、大紅蓮華、白蓮華、紅蓮華が命の誕生を手伝うことになっている。

光は駐車場にパイプ椅子を出し、従業員同士の話に耳を傾けていた。少し離れた所で楽寂静と修禅定が川の点検をしており、懐中電灯の光を辺りに投げかけつつ、盛んに議論を交わしている。

修禅定が言った。

「見て御覧よ。この川は中途半端な所で切れてしまっているぞ。もっと伸ばして、上流に湖を、下流に海を作ってみないか？　言海さんに魚を用意してもらうんだ。湖には湖の魚、海には海の魚を泳がせる」

楽寂静が答えた。

「うん、賛成だ。でもそれならいっそ最初から作り直してみよう。ボール紙なんてやめて、もっと、何と言うか、ちゃんとした川を作りたいじゃないか」

「ちゃんとした川ってどういうことだい？　これだって苦労したのに」

「例えばの話だけどね、川を流す場所を決めたら、まずはそこに生えている芝生を刈ってしまう。次に川底に砂利を敷いて、岸辺に木材で護岸工事をする。それほど難しいことじゃないよ。仕上げに薄板で川縁をぴっちり固めるだけさ。そうすれば今より川らしくなる」

楽寂静の語る川に興味をそそられ、修禅定は声を上げた。

「そりゃあ面白い！　確かに、ボール紙で作るより見事なものになるだろうな。川幅も広くして魚たちが目一杯泳ぎ廻れるようにしよう。それで、砂利はどこから調達するつもり？」

「迷宮は広いんだからきっとどこかにあるだろう。二人で探しにいってみようよ。勿論、支配人、不妄念、不戯論たちに頼んだっていい。その方が安全だし、砂利の在り処位ならすでに知っているかも知れない」

光に聞かれているとは知らず修禅定が言った。

「でも、支配人は我々が外に出るのを嫌がるからなあ。誰もが迷宮のことを忘れてしまう日を望んでるんだ。それには賛成だけども、何だか迷宮を怖がり過ぎているようにも思える。二人で迷宮を歩くなんて言ったら叱られるに違いない」

楽寂静は声を抑えて言った。

「それなら砂利探しは支配人に頼むとして、木材の方はどうしようか」

修禅定も今更ながら声を抑えて言った。

「護岸工事って言ったって、川の縁を少し補強する位だよね？　ベニヤさえあれば何とかなるんじゃないかな。ホテルにある使われてない家具を解体してもいいし、板なら砂利よりは簡単に見つかりそうだから、これだって支配人に探してもらえばいいと思う」

「残った問題は、岸をベニヤで固めて川底に砂利を敷いた川に、水の代わりに何を流すのかってことだ。水みたいに見えるものを用意しないと。でも、水に似ているものなんてあるだろうか」

楽寂静がそう言うと、二人揃って口を噤《つぐ》んだ。すでに想像のなかでは完成しつつあった川に、一滴の水すら流れていない事実に思い当たったのだった。光は案を出すためパイプ椅子を離れ、二人の方へ歩いていった。

「お二人とも御苦労様です。話し合いは聞かせていただきました。素敵な計画だと思います。芝を刈り、底に砂利を敷き、ベニヤで岸を固めるという方法は思いつきませんでした。遣り水を作って実際に水を流すというのは考えていたのですが、ホテルからホースで水道の水を引いてくるのも大変ですし、抜かりなく設計しないと辺り一面水浸しになってしまいます。やっぱり作り物の川には本物の水を流すのでなく、作り物の水を流すのがいいようですね。動物だって本物を放せば忽ち食い合いになってしまいますし、ホールも糞《ふん》だらけになってしまいます。さて、作り物の水をどう作るか、という問題についてですが、青色に染めた硝子の欠片《かけら》、お弾《はじ》きのようなものを鏤めるのはどうでしょうか？塗料なら言海が持っていますし、硝子は透き通るので本物の水そっくりに見せられるかと思います。その場合、うっかり指を切ってはいけませんから、断面には丹念に鑢《やすり》をかけて玉砂利のようにしましょう。硝子から水を作るという案、検討してみてください」

修禅定は光に話を聞かれていたと知り、気まずく思ったのか、初めのうちは眼も合わせられずにいた。迷宮に対する恐怖には言及すべきでなかった。しかし水の製法の話になると、頻《しき》りに頷きながら聞くようになった。彼は言った。

「名案ですよ、支配人！　敷き詰められた砂利の上に水色の硝子が幾つも転っている様子が、もうありありと頭に浮かんでいます。支配人には料理の才能もあるのではないですか？　いえいえ、お世辞などではありません！　実は、私たちが夜な夜なやっていることは厨房の仕事とも無関係ではないのです。料理の方も、素材を決めて調理法を考え、盛りつけ時の完成図、全体の彩りについて検討を重ね、漸く新しいメニューを考案するのですからね。動物の棲《す》むこの大地だって、言わば一枚の皿のようなものなのです。最後に考えるのは何と言っても全体の色合いに外なりません」

楽寂静も同意して言った。

「ええ、その通りです。皿への盛りつけ方を考えるようにして、ここに川を流してやる必要があります。その点、支配人の方法は我々の眼から見ても完璧です。砂の敷かれた川床を、青く染めた硝子で満たしていくだなんて、なかなか思いつくことではありません。ああ、早く作業に取りかかりたいものです！動物が喉《のど》を潤しにくる光景まで想像できるじゃありませんか」

提案がすんなり受け入れられたのを嬉しく思い、光は言った。

「気に入ってもらえたのなら幸いです。次に出かける時にはベニヤと砂利、もしくは砂利の代わりに敷き詰められそうなものを探してきます。思い当たる所は幾つかありますから。それから硝子も持ってきます。芝を刈って岸にはベニヤを、底には砂利と水に似せた硝子玉を転がしておく。これなら本物の水を流すよりも簡単ですし、見た目も綺麗になりそうですね。作ろうと思えば本物以上に綺麗に作れることも模型の良いところかも知れません。流れこそしませんが、水のように硝子のきらきら光る様子は、本物の川だって及ばないほど美しくなるでしょう」

自ら語る硝子の川を思い描き、光は口を閉じた。それから言った。

「ところでお願いがあるのですが、硝子から真水を作る作業は、私にも手伝わせていただけないでしょうか。指示を出すだけでなく、この手で川に水を流してみたいのです。どうかよろしくお願いします」

修禅定は光の手を握って答えた。

「勿論ですとも！　こちらからもお願いいたします。支配人が手伝ってくれるなら成功間違いなしです。今流れている川とは比べ物にならない、それはもう魅力的なものを作ろうではありませんか」

楽寂静も穏やかな声で言った。

「動物のためにも頑張りましょう。硝子から喉を潤す水を、魚たちの泳ぐ水を作るのです」

　このように光も時に他の者たちの仕事を手伝っていたが、それはやはり言海との邂逅《かいこう》によって吹き込まれた思い、自ら何かを生み出したいという欲求を切に感じていたからだった。

4

　川辺に楽寂静と修禅定を残し、光は星空の下を歩き出す。高く見積もっても五十メートル程度の高さに輝いているに過ぎない豆電球が、何光年と離れた恒星に姿を変えているように、また、ブリキの玩具が肉体を獲得し、夜の大気に呼気を溶け込ませているように、紙粘土、布切れ、ボール紙といった材料から作られる模型も、暗がりのなか生ける山川草木に化けおおせていた。

　川からはせせらぎが聞こえそうであり、畔《あぜ》では背中に螺子巻きをつけた蛙たちが鳴いているかのようだった。ホテルの裏には少欲と知足の作りつつある山が屹立しており、頂に置かれた夜行性の鹿は爛爛《らんらん》と眼を輝かせ、夢中で樹皮を齧《かじ》っている。茶色のペンキに浸して固めた毛布を、連なる峰に似せて置いてあるだけなのだが、それでも夜の闇に紛れているため堂々とした山脈の如く映る。勤精進と修智慧が木を植えている森林も大したものであり、それは光の運んでくる人工観葉植物の枝を裁ち、大樹に見立て、地面に刺すことで作られていた。森の奥では昆虫、鳥、哺乳類、そして言海の生んだ架空の獣らが、夜明けを待ちながらそれぞれの眠りを貪《むさぼ》っている。不妄念が青色のレジャーシートを円形に切って拵えた湖や、不戯論が木屑を撒いて拵えた砂漠を踏まないようそっと歩き、遅くまで仕事に励む者たちに声をかけ、巡回を終えた光は、続いて言海と老婆の様子を見にいくことにした。

光と暮らす部屋にも机は置かれていたが、それとは別に本格的な仕事場を言海は九階に構えていた。ベッドを運び出したダブルルームを工房として使い、隣にあるシングルルームも玩具の保管用に空けていた。どちらの部屋もホテルに来る以前に勤めていた玩具屋を模して内装を整えたらしい。エレベーターで九階まで上ると、光は扉をノックして工房へ入っていく。

踏み込むなり大紅蓮華の姿が眼に飛び込んできた。彼女は洗面所と浴室に通じる扉の前に座り、玩具に赤色のスプレーを吹きかけている。

「あらあら、支配人、こんばんは！　御視察ですか？　もう遅い時間ですからね、よくお休みになってくださいよ。まだお若いと言っても、仕事に根を詰め過ぎるのも考えものです。へえ、私ですか？　いえ、平気ですよ！　まだまだ働けますとも！　ほら、御覧になってください。蜥蜴《とかげ》を赤く塗っていたのですが、これはただの蜥蜴ではないのです。言海さんが三角形の金属板を背中に立てたので、あっという間に恐竜のようになってしまったのです。最初は驚きました。だって、よりによって恐竜なんですもの！　まさか恐竜を作るとは！　私なんぞが口を出すのも烏滸《おこ》がましいですが、支配人の作ろうとしている世界に悪影響を与えるのではないかと思い、内心冷や冷やしながら見守っていたのです。恐竜なんて野に放ったら、いよいよめちゃくちゃになってしまうのではないかと思いまして！　時代考証もそうですし、生態系だってそうでしょう？

しかし、考えてみれば変な動物はすでに沢山いますからね。恐竜が一頭のそのそ歩いていたところで別に問題はないだろうと思い直したのです。実際こうして好きな色を塗っていると愉しくて愉しくて。はい、今夜もしばらく手伝わせていただきます」

そう語る大紅蓮華は誇らしげな顔をしており、ホテルの業務をこなしている時と比べても、いっそう元気であるように見えた。紅蓮華も部屋の奥から顔を覗かせ、黄色い嘴《くちばし》を持つチョコレート色の猛禽を掲げながら言った。

「こんばんは、支配人！　遅くまで御苦労様です。男たちの作るミニチュアの方はどうでした？　私はこの鷲《わし》を修理していました。翼に調子の悪い所がありまして、右だけ動かなくなっていたのですが、やっと問題なく動くようになりました。眼が悪いものですから、ルーペなしにはできません。どうにかこうにかばらばらにして直してみたのです。螺子を巻きますと、ええとですね、ほらこの通り、こんな調子です。今にも高く飛んでいきそうじゃないですか？　可愛らしいったらありゃしません。細かい作業をしますとね、眼はしょぼしょぼしてきますし、時には手先だって震えてしまいます。でも、これがなかなかどうして面白いのです。この頃はすっかり夢中になっておりまして。つい先日などは、自分でも笑っちゃいますが、馬に鳥の翼を生やすのを手伝いました。空を駆けるお馬さんですよ！　いやはや、幾つになっても新しい愉しみには巡り会えるものですね」

紅蓮華は孫について語るように眼を輝かせていた。光は彼女の味わっている歓びを羨ましく思ったが、賞讃と感謝の念を抱きながら、あくまで支配人としての言葉を口にする。

「お客様も増えてきて普通の業務だけでも大変かと思いますが、合間を縫って別の重要な仕事まで手伝っていただき、ありがとうございます。現在、ホテルの周辺は休みなく表情を変え続けています。夜が訪れる度、調理場や酒場の皆さんが屋外で仕事をしてくれていますので、朝を迎えると必ず一つか二つ、山や川が増えているほどです。そしてその野山に生きているのがここで生まれる動物たちです。虫に魚に鳥に獣にと、新しい命がぼこぼこ生まれてきては、出来たばかりの世界を満たしていきます。迷宮で暮らしていた頃には思いつきもしなかったことが、夜の夢にすら見なかったようなことが、ここでは毎日起こっているのです。皆さん、時機を逸してはなりません。理想通りの世界が実現し、迷宮が崩れてしまうまでは、あと少しなのだと思います。今後も掃除と動物作りの手伝いを頼みます」

二人の老婆に頭を下げると言海の声が聞こえてきた。その言葉を聞きながら光は近づいていく。

「前に勤めていた店では全部一人でやってたから、本当に大助かりだよ。四人とも一生懸命手伝ってくれて、私には勿体《もったい》ないほど優秀な助手さんたち。材料をもっと沢山持ってきていたら今より多くの動物を送り出せたと思うんだけど、それだけが残念だな。でも、あれで精一杯だった」

作業机はダブルベッドのあった位置に据《す》えられている。机の上では金魚の玩具が二つに開かれており、撥条を修理してもらっている最中だった。光は言海の後ろから創造の場を覗き込んで言った。

「もっと多くの材料か。ブリキなんかは少し探せば見つかるってわけじゃないからなあ。ちょっと考えてみるとしよう。地図はあるわけだし、いざとなったら一緒に昔の玩具屋まで歩いたっていい。できることなら、危険のある遠征はそれを最後にしたいけれど」

「あの店は遠いから、ちゃんと着くか心配」

光と喋《しゃべ》ってはいたが、言海は振り返らず仕事に没頭している。魚は撥条を巻くとひれが振動する仕組みだった。光は言った。

「楽寂静さんと修禅定さんが川を作り替えようとしているからちょうどいい。水の代わりに青い硝子を転がすつもりなんだ。この魚が自在に泳げるように、幅は広く取ってもらおう」

光は金魚の右半身と左半身を取り、双方を合わせてみた。両眼の飛び出している剽軽な顔つきを眺めていると、言海が振り返った。

「隣の部屋で大白蓮華さんと白蓮華さんが亀を塗り直してるの。それも新しい川に泳がせてほしいな。持ってくる途中、甲羅にひびが入っちゃったんだけど、ひびも甲羅の模様みたく見せるんだって張り切ってた」

「よし、二人に挨拶するついでに亀の様子も見てくるよ」

自分もこの部屋に籠もり、言海の隣に掛けて動物を創造できたなら、あるいは毎晩のように外へ出て豊かな大地を準備できたなら、どれだけ素晴らしい日々になるだろう。そんなことを夢には見つつも支配人の立場は捨てられず、ホテルの運営に集中するしかなかった。

Ⅵ　結末

1

言海の動物たちが放たれ、光のホテルは思い描いていたよりずっと立派な空間となった。調理師や酒場の主人たちは、今では模型で四季の移ろいをも表現しようと試みていた。カレンダーに合わせて動物の栖《すみか》を変え、冬が訪れた現在は山頂に発泡スチロールの粒を散らし、積雪を模してみたりと、種々様々な工夫を凝らしている。老婆らも産婆の如く言海に寄り添い、数多の命の誕生に貢献している。

しかし、一体これが何になるというのか。世界が彩りを増してゆく一方で、光は深く懐疑に沈むようになっていた。自ら登場人物を選び、名を与え、思うがままに動かし、そうして理想郷を構築しているにも拘わらず、決定的な進歩を遂げたと思える瞬間は一向に訪れない。それればかりか、世界が申し分のない状態に近づいていくことに、いつしか危惧すら抱くようになってしまった。いざ完成した様を見て失望させられるのが怖かった。改良の余地がなくなるということはそれ以上には夢を描けなくなるということであり、最後の最後になってこんなものかと落胆するのは恐ろしい。

結局のところ、依然として無限の迷宮はホールを包み込んでおり、内部を丁寧に作り込むことで外部など消えたも同然となる、と、理屈の上では納得していても、閉塞感は霧消してくれなかった。従業員らの努力が実を結び、理想が一つずつ実現するにつれ、迷宮の勝利はそれだけ確実になっていくかのようだった。ここで夢中になっているのは所詮、子供の好む砂場遊びのようなものなのだ。砂の城を拵えてみたところで城主になれるわけがない。残るのは砂の堆積であるに過ぎず、それを真の城と思い込めるのは幼児あるいは狂人だけである。光には分かっていた。だが認めたくはなかった。

真昼、光は視察がてら散歩をしていた。勤精進と修智慧の拵えた森に入り、木を踏み潰してしまわぬよう用心して歩いていた。地面は発泡スチロールの雪で覆われている。赤い紙切れの散らされていた紅葉の季節は終わり、大樹を模して植えられた観葉植物の枝葉には、白いペンキで斑点がちらちら描き込まれている。あたかも雪が積もっているかのように見える。森には鹿や、その群れに加わろうとしている鹿の角を生やした架空の獣、それに褐色から塗り替えられた白兎などがいる。

無心で喜ぶべき光景である筈だった。従業員が夜間に力を尽くし、世界は徐々に様相を変えていき、不意に思いも寄らぬ表情を見せては、暮らしている人々の心を震わせる。光は望んでいた世界を手に入れたのだった。時の区切りはなく、空間的には際限もなく延長していく迷宮、どこまでも同じ光景が続き、練り歩いても何も得られない迷宮と比べれば、このホテルは何と癒しに満ちた場所だろうか。大地には動植物が見られ、四季が寄り添ってくれている。冬が過ぎればのどかな春が訪れる。春には模造の花が咲き誇り、鳥は声高く囀《さえず》り、虫は蜜を求めて飛翔し、冬の眠りから醒めた小動物は野を駆けるに違いない。宿泊客らも、気温が変わらないため服装は一年を通して同じであるものの、風景の変化から春の訪れを感じ取るであろう。そして子供は雪融けを嬉しく思い、花の名を親に尋ね、獣たちの螺子を巻きながら辺りを散策する。

雪の積もる森を巨人の如く歩いていると、光の胸は熱くなった。身に余る幸運が味方をしてくれたとしか思えない。あと一歩踏み出せば、起こった出来事すべてを祝福できそうだった。だが、ホテルと迷宮を繋ぐ扉から不安と恐怖は雪崩《なだ》れ込んでくる。殆んど完全なものだと思っているのにただ一つの瑕が心を曇らせる。迷宮は尚も扉の向こうに存在しており、この場の主人であるかのような顔をしようとも、何も分からず迷っているという思いは断ち切れない。

彼は楽寂静と修禅定の作った川に近寄っていった。青く染まった硝子玉が流れる水に見立てられている。光の調達した板硝子を適当な大きさに砕き、断面を磨いて染めたのだった。水を生み出す作業を手伝ったので、この川はとりわけ愛着のある模型となっていた。

冬の川縁に動物の姿はなかった。秋には辛うじて見られた蛙たちも取り除かれている。今はよそで冬眠しているらしい。川幅は大人の歩幅ほど取られており、飴《あめ》のようにも見える硝子に囲まれて、何匹かの魚が流れのなかに静止している。

光は流水に手を入れ、じゃらじゃらと硝子玉を掻き混ぜてみた。ひんやりとした感触を楽しみ、底に身を潜めている魚を捕まえてみようかとも思った。しかしその瞬間、青いものだけでなく白く染められた硝子も混じっているのに気づき、慌てて手を引っ込めた。それから近くでバドミントンに夢中になっている姉妹の様子を窺った。幸いにも彼女らはこちらを見ていなかった。

楽寂静と修禅定はおそらく、水が凍結している様を表すため、白く染めた硝子を混ぜたのであろう。もしくは凍った水面《みなも》に積もる雪を再現すべく混入させたのかも知れない。いずれにせよ、水はとても冷たかった筈であり、そこに長く手を浸している姿を見られれば、この世界を信じつつある子供たちを裏切る結果になったかも知れない。ホテルが信じるに及ばない贋の世界であること、他愛ない遊戯の産物に過ぎないことを認め、自ら白状してしまったようなものだった。

畢竟《ひっきょう》、自分はこのホテルの表面しか信じられていないのだ。だからこそ迷宮への扉が気になるのだろう。仕事の価値さえ信じていれば扉なんて眼にも入らなくなるのではないか。立ち上がり、模造の河川を見下ろし、光は自問する。指示を出すばかりで何一つ生み出していないこと、それが空しさの生まれてくる根本なのだろうか。言海のように動物を作るようになれば、他の従業員らのように大地を手で捏ねるようになれば、自分も憂いを忘れられるのだろうか。

冬天の下、光は凍りついた川面を眺めていたが、痛みが走るほどの冷たさを想像しつつ、再び手を入れてみた。しかし、自問を重ねた位で硝子が氷に変化する筈がない。硝子玉は硝子玉である。これからも硝子玉であり続けるだろう。将来のある瞬間に氷へ変容を遂げるとは思えない。このままでは永久に模造の大地が改良され続け、模造の獣が殖え続け、贋の世界の精巧さが増していくばかりである。そしてそれを望み、多くの人を招いたのは私である。

光は川の模型を前にして尚も自らを問い質す。これは何であるか。川ではない。どんなに川のように見えようと川ではない。眠っている魚のように見えたとしても魚ではない。模型である。玩具である。何を言おうと、どんな理屈を捏ねようと、模造の品を本物と思い込めなければ、牢獄が風吹く天地に転ずることはない。奇蹟を待って留まるのは寄る辺なく漂泊するのと何が違うのか。坐して待ち続けるのと歩き続けるのには如何ほど差があるだろうか。自分は間違っていた。恣意と迷妄を基礎に、堅固な世界を築こうとしていた。

この真昼の散歩において、光は膨れ上がった懐疑に呑まれ、ついにホテルを見放してしまった。苦心して構成し続けてきた世界を信じられなくなってしまった。最後の最後で肯定してやれなかった。シャトルを打ち合う少女らの笑いを聞きつつ、天を仰ぐと、かつてはあれほど瞳を楽しませてくれた青空すら憎らしく見えた。

そして疑いは自分のみならず言海や従業員にも向けられる。白い硝子玉を三つ選んで握り締め、光は考える。彼ら彼女らはなぜ素直に指示に従っているのか。どうして疑問を抱かず歓びばかり感じているのか。それに、皆を動かす自分は何様なのか。気がつけば設計者の振る舞い、人々を幽閉して弄ぶという行為を臆面もなく反復しているではないか。打ち倒すべき設計者が傍にいることを皆は知らないのか。無益な仕事を強いているのが誰であるか分からないのか。ホテルから連れ出して別のホテルに閉じ込め、実りのない生き方を押しつけているのは、今や設計者でなく支配人である私だというのに。

この事実に思い至るなり思索は飛躍を遂げる。ホテルを包むホールが固より設計者の手によって用意されていたように、大白蓮華、大紅蓮華、白蓮華、紅蓮華、少欲、知足、楽寂静、勤精進、修禅定、修智慧、不妄念、不戯論、さらには言海でさえもが、本当は設計者によって造られた存在なのではないか。皆が皆、精巧に造られた自動人形、機械の類いでないという証拠があるだろうか。

光は模型の散乱する大地に立ちながら、一帯を蹴散らしてしまおうかと考える。従業員たちが、束の間自分を夢のなかで泳がせておくため、それだけのために製造された人形であるとしたらどうしたらいいのか。迷宮に不満を抱く私の心を宥《なだ》めるべく送り込まれた機械であるとしたら？　彼は足元の楕円、湖を見る。湖などではない。水色に塗られた丸板が置かれており、その周囲にプラスチックの草が植えてあるだけだ。水面に木目が浮かび上がっているではないか。ままごと遊びを仕組まれ、機械の保育士らにあやされていたというのか。焦燥感を募らせる自分を、わがままを言う子でも眺めるように、皆で微笑ましく見守っていたというのか。

勿論そんな筈はない。従業員は自ら選んだ。言海がホテルを訪れたのもポスター貼りがあってのことだ。しかし、一切が都合よく整い過ぎているということに、どうして今日まで疑いを抱かず暮らしてこられたのか。やはり執拗に懐疑を重ねている自分だけが人間なのではないか。疑い続ける自分以外、設計者によって拵えられた玩具であると考えても、矛盾はないではないか。いや、徹底的に疑おうと思えばそれも疑わしい。私は人形であり玩具であり、従業員も人形であり玩具であり、玩具を作る言海も玩具であり、この声には出さぬ独り言も自分の言葉でなく、設計者によって前以て吹き込まれていた言葉だという可能性だってある。それなら一体、私は何を喋っているのか。

2

光は昼も夜もホテルの周辺を歩き、世界の点検を繰り返していたが、このところ従業員の従順さが奇妙に感じられてならなかった。自動人形であるとまでは思わなくとも、川の畔で硝子玉を握り締めた昼を境に、どうしても違和感を覚えるようになってしまった。以前のようにはホテルの意義を信じられなくなったため、自分の命令に嬉々として従う者らにも疑いを向けざるを得なかった。無益と思える労働を強いる支配人、夢中で働く従業員、どちらも等しく疑わしい。

この夜も星が瞬いていた。天に照るのは豆電球であると同時に本物の星であり、彼方に広がっているのは宇宙だと心から信じられれば、自分はどこにも閉じ込められていないと断言できる。少し前までは光も星空を礼讃していた。しかし今では夜空を演出する豆電球が突然切れてしまい、まったくの闇に投げ込まれるのではと心配するようになっていた。同様に晴れ間を拵えている白熱灯まで点かなくなれば、ホテルは見かけの輝きすらも失うであろう。舞台装飾は今尚不安定であり、電力の供給も含め、すべてを設計者に握られている状況からは抜け出せていない。

見渡せば暗闇のなか、幾人かが大地に手を入れている。煌々《こうこう》と輝くホテルを背にし、少欲が山の傍に座っている。光は歩み寄って声をかける。

「遅くまで御苦労様です。調子はどうですか？」

少欲はしゃがんだまま振り返り、光の顔を見上げて答えた。

「こんばんは。厨房は好調そのものです。実際に寒くなったというわけではありませんが、冬が訪れたのでメニューを差し替えたところ、思った通り、温かいトマトスープが人気になりました」

この男は巧みに喋る人形なのだろうか、などと真面目に問うのは愚かしく、顔を合わせれば試みに疑ってみることさえできない。いつもの少欲だった。

「そうですか。あのスープは美味しいですからね。骨つきの鶏肉がごろごろ入っていて、私も大好きです。銀杏の缶詰が見つかったのも幸運でしたね。調場の仕事ばかりか、こうして遅くまで働いていただき、ありがとうございます」

日頃の習慣から、つい労《いたわ》りの言葉を口にしてしまった。もっと関心を持たねばと思い、業務についてさらに尋ねる。

「今は何を作っているのですか?」

毛布を固めた山にある作り立ての洞を示し、少欲は答えた。

「山を作る時にあらかじめ空洞を設けておけば、そこが洞窟になるのではないかと思いまして。このようにゆっくり形状を変えていくことで、大地はますます素敵になるのだと思います。支配人のお言葉を繰り返しているようで、自分でも照れ臭いのですがね、単なる受け売りではありません。近頃はこうした言葉も実感を持って言えるようになったのです。ちょっと覗いてみてください。今はボール紙を内壁に使っていますが、石材なんかと取り替えても面白いでしょうし、砕いた石を接着剤で貼りつけ、ざらざらした感触にすることだってできます。いかにも洞窟らしく作る方法は幾らでもあるのです。一つ思いつきを実行してみると、二つ三つと新しい考えが生まれてきますから、休んでいる暇はありませんよ。近いうちに支配人にも喜んでいただけるものを用意してみせます」

少欲の潑剌《はつらつ》とした様子に内心たじろいだ。懐疑する自分がおかしいのだろうか。なぜこうまで素直に期待通りの言葉を返してくれるのだろうか。眼の前の少欲も、周囲にいる他の者らも、計画の根幹に猜疑の眼差しを向けることなどないようだった。自分の問いに自分の予想した答えが返ってくる。これでは誰と話しても同じであり、誰とも話していないに等しい。光は戸惑いつつ返答する。しかし役柄通りに喋ってしまうのはお互い様であった。

「期待していますよ。少しずつではありますが、万事は良い方向に向かっているのだと思います」

光が自身の言葉に呆れているのには気づかず、少欲は言った。

「これからも精進いたします。言海さんの鹿たちのためにも、山はしっかり整えておかないと」

そう言って模型を弄り始めたので、黙って様子を見守った。少欲は山脈の形を変えるべく傍に置いてあるバケツから水をかけ、固まっているペンキを溶き、毛布を柔らかくしようとしていた。

その背中を見つめながら、光は醒めていく自分と没頭する従業員の違いについて考える。今頃になり、この作業に意義はあるか、生きた鹿は一頭もいないだろう、それにここは迷宮の一区画に過ぎず、幾ら創造に熱中しようとも状況は変わらないではないか、などと言い出せる筈もなかった。というより、もはやそれを口にしたところで彼らの胸には響かず、お節介にしかならないかも知れない。

仮に自分がいなくなっても、彼ら彼女らはこの場に留まり各々気の済むまで仕事を続けるに違いない。設計者の真似をする如く駒を手に入れ、名前をつけ、それを小さなホテル、遊戯を行う盤に配置し、傲慢にも新たな設計者にでもなったかのように振る舞い始めたが、迷宮を彷徨う人たちは決して自分の持ち駒などではなかったのだろう。その証に、私が熱意を失おうとお構いなしに遊戯に耽っているではないか。疑うべきは駒の従順さではなく、駒であるのに指し手を気取って思索していた自分の方だった。私は何を望み、何を為すべくここに立ち尽くしているのか。

少欲の後ろで、光は自らを、盤外へ消えゆく一個の駒の如く感じた。

3

真夜中に一人で洗面所の鏡を眺めている時だけは気持ちも安らぎ、ほんの一時、穏やかな心地に浸れていた。壁を鏡で覆い尽くしてしまえば映るのは内部ばかりとなり、外部は消えてしまうと気づいたのである。

一日が終わり、言海が眠りに就いた頃、光はいつものように洗面所の鏡に見入り始めていた。そうして眠くなるのを待っているのだが、両眼は冴えていき、意識は醒めたまま途方もない夢想を受け容れるようになる。鏡に映る姿に焦点を合わせてみたり、漫然と見詰めてみたり、意識を集中させては弛緩《しかん》させ、欲しい世界を組み上げようとする。

光は従業員を十倍にも百倍にも増やす。創業期から雇っている古株の者を監督官に任命し、ホテルのために幾千もの鏡を運び込ませる。指揮権を与えられた少欲、知足、楽寂静、勤精進、修禅定、修智慧、不妄念、不戯論たちの指示の下で、名前もつけられていない数多の男たちが、迷宮の客室にある鏡を剝がし、ホールまで運搬してくる。帰るなり、大白蓮華、大紅蓮華、白蓮華、紅蓮華の命令に従い、彼らは四方の壁にそれらの鏡を貼りつけていく。

絶え間なく新しい鏡が運ばれてくる。名のない男たちは鏡を落とさないよう、そして地面を這っている動物を踏まないように気をつけながら、ホールの隅に設けられた集積場へと向かう。そこに鏡を積み上げると、ある者はさらに多くの鏡を求めて迷宮に戻り、ある者は壁への貼りつけの作業に取りかかる。鏡を探しにいく際には地図を渡してあるが、数百枚と用意した写しのなかには誤写したものもあるだろうし、正しく読めない者は迷子になる外ない。二度とホテルに帰ってこられない者も少なくはないだろう。それでも日夜無数の鏡が集まり、コンクリートの壁面は少しずつ覆い隠されていく。

貼りつけている最中に足場から転落して、死んでしまう者だっているかも知れない。夢想のなかの事故であるとは言え、光の理想郷の建設のためには死者まで要求されるようになったのである。すかさず大白蓮華、大紅蓮華などが嗄れ声を張り、遺体の運び出しを命ずる。作業中に死を遂げた労働者には葬儀も執り行われず、迷宮のどこかにある墓地へ送られることになっている。担架に乗せられた死者と入れ違いに煌めく鏡が入ってくる。水垢《みずあか》の付いているもの、曇っているものを見ると、紅蓮華または白蓮華が寄ってきて雑巾で拭おうとする。

光はそうした作業風景を十階の廊下の窓から眺めている。迷宮に通じている扉からホール隅の集積場まで一列になって鏡の運ばれる様子は、あたかもそこに陽光を反射する川が流れているかのようである。高さ五十メートルにも及びそうな壁、その全体を覆うにはまだまだ数が足りないし、足場もより高く組まねばならないが、肝腎の扉、迷宮とホールを繋ぐ扉に内側から鏡が貼られていくのを想像すると、気は楽になった。

鏡に囲まれている限り、どこまでも内部が広がっているに等しく、外を思い煩うことはなくなる。隈なく銀箔の貼られた直方体のなか、光源から発した光は反射を繰り返し、いつまでも外へは洩れず内に留まって生き続ける。

外をなくすにはホールを鏡張りにしてしまうしかない。この結論に至ると、鏡の自分を見ながら笑い出しそうになった。大掛かりで莫迦げた苦役を人様に強いるわけにはいかないし、それで得られるものなど何一つないだろうと、冷静になれば考えを改められるからだった。

しばし鏡に見入ったのち空想に鳧をつけ、洗面所で歯を磨き顔を洗い、言海の隣で眠りに就いた。

4

幾百人もの人夫を雇う大規模な工事には踏み切らなかったものの、光は個人的に鏡を集めるようになった。それが神経症めいた行為であるとは知りつつ、迷宮に出かけては客室の鏡をばりばりと剝がし、自分のホテルまで持ち帰ってくる。ホール全体を鏡張りにするのは諦めるにせよ、せめて一部屋だけでも覆い尽くしたいと考えたのであった。

不妄念と不戯論と協力して作成した地図を手に、たった一人で迷宮を歩く。管理しているホテルと同じ内装ではあるが、そこは紛れもなく外の世界であり、どうしても自分のものとはならない空間だった。

見慣れた廊下を歩いていると、清掃中の老婆や顔見知りの宿泊客が視界を横切るのではないかと思えてくる。迷宮に踏み出したのを忘れ、うかうか歩いていれば間違いなく迷子になってしまう。ここは自分の経営するホテルではなく、上にも下にも数限りない階層のある迷宮なのだと気を引き締め、地図に新しい情報を書き込み、慎重に進もうとする。

適当な部屋に入って洗面所の鏡や寝室の姿見を剝がしにかかる。マイナスドライバーを握り、鑿《のみ》を扱うようにして、洗面台から鏡を剝ぎ取っていく。丸ごと一枚綺麗に剝がれたりはせず、鏡は音を立てて砕け、幾つもの破片となって落ちる。床に散乱した破片のなかに大きなものがあると嬉しくなった。鏡を拾って毛布に包《くる》み、次の部屋へと向かう。その様子は資料室を渡り歩いていた頃と同じである。しかし設計図を集めようとしていた頃は、全体を把握するために骨を折っていたのに対して、今はごく狭い部屋を鏡で覆い、全体など見えなくするために歩いており、目的は変化していた。

この日も破片の量に満足すると、地図を頼りにホテルへ戻った。言海と暮らしているツインルームではなく、客のいない五階に空けてある、かつて支配人室として使っていた五〇三号室に入っていく。後ろめたい思いがあり言海には内緒だった。しつこいほどに迷宮への嫌悪を口にしていたので、頻繁に鏡を集めに出かけているとは言い出せなかった。

　言海の工房にあった接着材を使い、四方の壁を鏡で覆おうとする。破片と破片を組み合わせ、ジグソーパズルのように埋めていくのだが、どうしても幾らか隙間が生じざるを得ず、クリーム色の壁紙は各所から顔を覗かせている。だがそれでも諦めはしない。大きな破片を貼りつけて、隙間に小さな破片を嵌め込み、外を内へと反転させ続ける。これしかないのだと自分を励ましながら作業する。

　光は誰の手も借りずに鏡を貼りつける。映り込む自らの瞳を睨み返し、我が身を閉じ込めるための空間を拵える。ベッドに立ち、破片の裏にチューブから接着剤を塗る。部屋は静かで仕事を見守っている者は誰もおらず、鏡に映る己のみが歓喜の入り混じる労苦を分かち合ってくれていた。

5

光は迷宮とホテルを往復し続けた。細かく砕いた鏡を布に包み、ホテルまで持ち帰ってきては、客室の壁に貼りつけていく。従業員との会話も少なくなり、今や言海が光に代わって支配人になったと言ってもよかった。役目を終えたかの如き感慨を味わいながら、彼は旧支配人室で鏡の接着に励んでいた。

しかし割れた鏡を幾つ組み合わせても、四方の壁、床、天井を覆い尽くすのは不可能だった。貼りつけても貼りつけても隙間からは壁紙や床が覗いており、一つの面さえも満足に覆うことはできなかった。ここでも、私は一体何をしているのか、といった問いばかり募るようになり、やがてその不毛に堪えられなくなっていった。そして作業は突然に終わりを迎えた。以前建築図の収集を投げ出してしまったように、またも倦み疲れてしまったのである。

不揃いな破片の散らばる床に立って、光は周りを見渡していた。裸足《はだし》で歩けば怪我をしてしまうため、スリッパを履いている。破片の一枚を手に取り、まじまじと眺める。ナイフのような形状をしており、綺麗な四角形の鏡を貼っていくならともかく、こんなものではどう組み合わせても壁が隠れる筈がなかった。

狂気の沙汰と言う外ない。心の均衡を保つため、考えに考えて及んだ行為がこれなのかと思うと、自らを冷笑せずにはいられない。どうしてこんな結論に至ったのか、思い出すのも嫌な位だった。仮に破片が悉くぴったり嵌まり、自分以外には何も見えなくなったところで、それがどうしたというのか。外は見えなくなるだけで決してなくなるわけではない。自分しか見えなくなろうとも、頭のなかには迷宮が除き難く構築されている。

光は壁に寄って鏡を撫でる。右手人差し指の腹が冷たい面を伝って下りていく。縁まで辿り着くと、親指を使って力尽くで剝がしてしまった。瞬間、親指の腹から僅かに血が流れた。血を見て落ち着きを感じるとは思いもしなかった。剝がした破片を刃の如く握っていたが、やがて腰を屈め、散乱する鏡を拾い始めた。また指を切らぬよう気をつけながら、次々屑籠へ投げ込む。こんな光景を見たら、誰も彼も正気を疑うに違いない。苦労して壁に接着したのも含め、大急ぎで全部廃棄しようと思い立った。

6

「そろそろ玩具を取りにいきたい」

夕空を眺めていると、洗面所から出てきた言海が言った。塗り替えたばかりの白兎を、ドライヤーで乾かし終えたらしく、ボールのように握っている。それは鼠の耳を挿《す》げ替え、尖った鼻先を少し削り、真白く塗り直したものだった。

「いよいよ足りなくなったんだね」

「うん、そうなの。最近は皆、お互いに競うみたいに仕事をしていてね。どんどん山が増えてきて、川も多くなってるし、長くなってるから、動物ももっといた方がいいかと思って」

「全員が全員、庭師みたいになってしまったからな。いつか芝は模型で埋められてしまいそうだ」

「だから、私も負けずに作らなきゃ」

光はあっさりと、気にしていない風を装って言った。

「じゃあ玩具屋まで旅をしようか」

言海は拍子抜けしたようだった。

「えっ、いいの？　迷宮に出るのは嫌でしょ？」

「動物は必要なんだから仕方ない」

「なかなか言い出せなかったんだけど、それならよかった！　一人で行こうかとも思ってたの。しばらく出かけなくて済むようにいっぱい持って帰りたいな」

一呼吸置き、光は言った。

「出発に備えて地図を作るから、一ヵ月ほど待ってほしい」

「そんなに？　私のポスターがあるじゃない」

「いいや、きみが持ってきたポスターと、不戯論さん、不妄念さんと作った三冊の地図を照合してみたいんだ。この際、決定版みたいなものを作ってもいいじゃないか」

「それなら地図は任せるね。私はこれから兎に顔を描いて、不戯論さんと不妄念さんに届けにいかなきゃ。注文があったの。この通り、動物は減っていくばっかり。同行を快諾してくれてありがとう」

「ちょうど三冊をまとめたいと考えてたんだ。良い機会だよ。それから、何となく二人で行きたいと思ってる。兎を渡すついでに、あの二人に伝えておいてくれないか。遠征するけど万全を期すから大丈夫、安心してほしいって」

「分かった。でも随分心配するでしょうね。説得し直すことになると思うけれど、まあ、まずは私から話しておく」

こうして獣を求めて迷宮へ繰り出すことが決まった。やがて言海は石鹼のように白い兎に眼を描き込み、命を吹き込んだ。そして螺子を巻き、ベッドの上を歩かせた。兎は体色と同じ純白のシーツ、雪の降り積もる一面の銀世界を、よたよたと歩いていった。固い机や床とは異なり、襞《ひだ》の多いシーツは歩くのに適していないようだった。

足を取られて進めなくなった兎と、ベッドに座ってそれを眺める言海を見下ろしながら、光は考える。失踪の好機が訪れた。旅に出たら最後、ここには戻らない。

7

言海が九階の工房で玩具を作っている間、光は十階のツインルームで三冊の地図帳を捲り、それぞれの版を比較検討し、一冊の誤りなき地図を作ろうとしていた。地図を旅行記の如く読んでいると、不妄念と不戯論を連れ歩いた旅が懐かしく思い起こされた。ノートを見ながら歩き、何かあると直ちに止まって互いの異同を確かめた、あの旅のお蔭で今度の遠征にも出かけられる。

言海には伏せていたが、自身は動物を見たら行方を晦《くら》ますと決めていた。地図の作成が最後の仕事になるだろうと考え、光は熱心に打ち込んだ。言海と獣が確実にホテルまで戻れるようにしなければならないし、自分が遠くへ逃げるためにも精確な地図は必須である。近場で堂々巡りを繰り返した挙句、この楽園に舞い戻ってくるのは何としても避けたかった。

三者三様に描いてある地図を広げ、種々の地図記号を読み取りつつ、光は過去の旅路を辿り直すのであった。細かな修正の痕跡も見落とさぬよう、一頁ずつ丁寧に校訂作業を行った。時には不妄念や不戯論を部屋に呼び、記憶を手繰り寄せるのを手伝ってもらい、迷宮を一冊のノートに写し取っていった。

そして三週間かけて信用に足る版を作り上げると、彼はさらに慎重にその複製を作り始めた。玩具屋で言海と別れてからは、もう一冊の地図を頼りに、地図の外を目指すつもりだった。

朝、部屋で軽食をつまみ、言海がアトリエに出かけていくと、光は地図の複製に取りかかる。言海のいなくなった部屋はいつもより広く見える。光は黒い革張りの椅子に掛け、ノートを二冊開いてペンを握る。

迷宮の不完全な写しを基にしてそのまた写しを作っているのだと思うと、自嘲の念が湧いてくるが、疎《おろそ》かにはせず一途に線を引く。一方に引かれてある線を他方にできる限り異同なく引こうとする。複図紙はないため、定規で直線の長さを測り、余白の大きさを決め、根気よく写す。

今も言海は動物たちを作っているのに。そう思うと作業は尚のこと空しく感じられてくる。新しい天地を拵えるために来た男の最後の仕事が、写しの作成とは皮肉なものである。しかし光は創意の求められない複写作業に没頭しようと努める。建築図を探して資料室の棚を漁った頃と比べ、自作の図面を写している現在は、些かでも進歩を遂げただろうか。答えようのない問い、あるいは答えたくない問いは執拗に浮かんでくるが、何度となくコーヒーを啜《すす》り、机の前からは動くまいとする。

白紙に黒線を走らせ、何もない平面に迷宮を建設していく。廊下を伸ばして左右両側に客室を設け、螺旋階段によって上下の階を繋げ、インクを資材に途《と》轍《てつ》もなく巨大な建物を組み上げる。そうだ、こうやって私は迷宮の設計に取り組んだのだ。設計者とは私自身であり、創造の力を持たない自分の生涯唯一の作品、それがこの無様な迷宮なのだろう。こうした奇怪な考えまで生まれ、時に胸が潰れそうになるが、苦しみつつも線を引き続ける。

区切りのいいところまで仕上げ、一息つくため窓辺に行った。変わりなく空は晴れ渡っているのだが、所詮は白熱灯の光であるゆえ、それほど明るくもない。下を見れば、これまた常の如く人工芝が贋の太陽光を浴びている。所々に従業員の配置した模型があり、雪を被っている様も見て取れる。雨は一滴も降らぬというのに、男たちがせっせと働くので草は繁茂し森はより広くなっている。

天地は彩り鮮やかに造られているものの、こうして窓辺に立って前方の壁を見てしまえば、やはり殺風景な場所である。コンクリートに囲われた息も詰まる牢獄の如き世界、という印象は拭い難い。では壁にも何か装飾を施せばいいではないか。草原が続いている絵を描かせてみてはどうか。光は爪を噛んで首を横に振る。牢の壁が塗られたところで囚人が自由になるわけでもあるまい。

価値があるのは、壁に描かれた絵よりもむしろ、絵を描く行為への没頭であった。自分は熱狂するための資質を欠いているのかも知れない。

仮に調理師と酒場の主人らの作った大地の各所に地名を与え、世界の成り立ちや土地の名の語源について説明を加えてみても、あるいは言海の生み落とす架空の動物に呼び名、学名をつけ、種のカテゴリーへの分類方法を考え、百科事典の編纂《へんさん》に取りかかってみても、事情は変わらないだろう。世界の誕生した時点を定め、架空の史書を作成し、新しい宇宙観を打ち立て、地表から空に輝く豆電球までの距離を出鱈目に算出し、宇宙さえホールに押し込めたとしても、心底からは信じられないに違いない。信じられないなら依然牢のなかである。

打ち放しの壁を眺めているのが嫌になりカーテンを引いた。ここは自分の世界にならなかった。いつになっても空に飛び立たない鳥たち、風にそよがない草花と縁を切るつもりで、光は地図の筆写に戻る。

8

出発の朝になった。光と言海は部屋でトーストを食べると、前夜荷造りを終えたスーツケースを一個ずつ引き、廊下に出てエレベーターに乗り込んだ。光は地図、食料品、目印用の赤色のガムテープなどの入った言海のリュックを背負っており、言海はもう一冊の地図と筆記具の入った光の鞄を提げている。光の計画では玩具屋に着いたら荷物を交換し、動物を詰めたスーツケースは二個とも言海に持ち帰ってもらおうと考えている。

十階から一階へ下降するエレベーターのなか、光はズボンのポケットに手を入れた。右手の指先が硝子玉に触れる。親指と人差し指で挟み、三つの硝子それぞれの輪郭を知ろうとする。やがて三つとも握り込まれ、徐々に温まっていく。それらは氷を表現する白い硝子玉だった。没頭するまでには至らなかったが、光にとっては創造の淡い思い出の宿る品であり、昨夜、楽寂静と修禅定の川から取ってきたのであった。

ホテルに未練を残しているのだろうか。二度と戻らないと決めて地図を写していた光だが、その手は今、真剣に硝子玉を溶かそうとしている。硝子が本物の氷と化し、じんわり溶け出してあっという間に小さくなっていく瞬間を、今か今かと待ち侘《わ》びている。この硝子が冷たい水となりズボンの生地に染み込めば、その時すべての模型が姿を変え、まやかしのない楽園が出現するのではないか。

一階に着き、エレベーターから降りた。暖かな間接照明の灯るロビーに従業員の姿が見える。まだ夜も明けたばかりだというのに全員が仕事着に身を包んでいる。昨夜もこのロビーで説得を重ねたので、出発当日になって引き留めようとする者はいなかった。朝の挨拶をしてスーツケースを引いていくと、彼らも見送りについてきた。

光は足を止め、かつて名づけた者を見るべく振り返る。大白蓮華、大紅蓮華、白蓮華、紅蓮華、少欲、知足、楽寂静、勤精進、修禅定、修智慧、不妄念、不戯論、十二人とも揃っている。言海は玄関の硝子扉を開き光が通るのを待っている。だが光は進もうとしない。皆の方を向いて一人一人の顔を見遣り、何かを確かめようとする。誰も物を言わず、従業員は光の言葉を待ち、光は言うべき言葉を探し、時が流れていく。

自分の意を酌《く》み懸命に働いてくれたにも拘わらず、犬や猫でも捨てる如く立ち去ろうとしているのか。気炎を吐き解放を約束しておきながら、何も実現せぬまま逃げ出そうとしているのか。人工芝の茂るフロア、豆電球の埋められた天井、聳え立つ一棟のホテル、四方を囲うコンクリートの壁、何から何まで設計者の用意したセットである。私は何をしたのか。ここには何があるのか。意地の悪い寓話に幽閉されていると思い、蝶となって高く飛ぼうと望んだ結果がこれだ。人々を幽閉してしまった。さらには無責任に捨てようとしている。

しかし、捨てられるのは私の方なのではないか。光は従業員の表情を見て、心配されているのは我が身だということを思い出した。彼は言った。

「お願いですからそんな眼で見ないでください。私なら平気ですよ。見易い地図がありますし言海も一緒です。そうだ、不妄念さん、あなたを見習い、ガムテープを持っていくことにしました。行く先々にこれを貼りつけて歩きますので正しい道を見失いはしない筈です。心配なさらずに、新しい動物が来るのを楽しみにしていてください」

何という空疎な言葉であろうか。光は支配人を失格し、ホテルを去らねばならぬ身となったことを改めて思い知る。そして無事を祈る声に上の空で応じながら、言海の開いた扉から出ていく。彼女は一人ずつに話しかけているようだった。

ホテルから出るなり光は天を見上げた。青く塗られた天井に雲が静止している。そよ風すら吹かず、絵に描いた雲は漂う筈もない。これは空ではない。空はなく、ホールの上にも無数の客室があるだけなのだ。だが、そう思いつつも仰ぐのをやめられず、右手もポケットのなかの硝子玉に触れていた。

右手で硝子を捏ね、左手でスーツケースを引き、迷宮への出口、両開きの扉に向かって歩く。車輪の音を立てながらアスファルトの道を進み、光は両脇に広がる芝生を眺める。足早に通り過ぎてちらと視線を送るだけであれば、本物の芝生そっくりに見える。しかし眼を凝らすと、黄緑には濃淡が乏しく、枯れ始め色褪《あ》せつつある葉などないのが分かる。いかにも固そうなプラスチックの葉には、一本の葉脈すらも通ってはいない。

芝生の至る所に発泡スチロールが散らされている。春になれば雪融けを演出するために掃除されるのであろう。溶けはしない氷、枯れはしない草木、死なない獣、それから年を取っているようには思えない自分たち。この背中に螺子巻きがついていないと誰に言い切れるだろうか。

後ろを歩いている言海が言った。

「大丈夫、きっと帰ってこられるよね」

光は聞こえないほどの声で呟いた。

「きみは必ず帰れるとも」

扉の前で立ち止まり、最後に振り向いた。言海と眼を合わせ、皆の姿を眺める。ホール全体の様子、天井画を一挙に見渡す。螺旋階段を上り切り初めてこの場所を見つけた時の輝きは失われていた。硝子玉も変化せず、ポケットのある右の太腿《ふともも》に冷たさは感じられない。もう名残惜しいと思ってはならない。

一同に見守られつつ、光はリュックを下ろし、食料の缶をかき分けて地図を取り出した。目的なく遠くを目指すと決心しているが、今度こそ蝶になれるのか、再び蛹の眠りのなかに戻るのか、どちらがどうとも分からない。

初出
「群像」2018年11月号

装幀　柳川貴代
彫刻・カバー写真　水田典寿
扉写真　杉山和行（講談社写真部）

金子 薫（かねこ・かおる）
1990年、神奈川県生まれ。慶應義塾大学文学部仏文学専攻卒業、同大学院文学研究科仏文学専攻修士課程修了。2014年「アルタッドに捧ぐ」で第51回文藝賞を受賞しデビュー。2018年、第11回（池田晶子記念）わたくし、つまりNobody賞受賞。同年、『双子は驢馬に跨がって』で第40回野間文芸新人賞受賞。他の著書に『アルタッドに捧ぐ』『鳥打ちも夜更けには』がある。

壺《こ》中《ちゅう》に天《てん》あり獣《けもの》あり

2019年2月26日　第1刷発行

著　者　金《かね》子《こ》 薫《かおる》
発行者　渡瀬昌彦
発行所　株式会社 講談社
〒112-8001 東京都文京区音羽 2-12-21
出版　03-5395-3504
販売　03-5395-5817
業務　03-5395-3615

印刷所　凸版印刷 株式会社
製本所　株式会社 若林製本工場

ISBN978-4-06-514766-5
N.D.C.913　190p　20cm